九月雪

——车攻诗选

车攻——著

人民东方出版传媒
東方出版社

中国版本图书馆CIP数据

九月雪：车攻诗选 / 车攻著. -- 北京：东方出版社，2022.1

ISBN 978-7-5207-1384-9

Ⅰ.①九… Ⅱ.①车… Ⅲ.①诗词—作品集—中国—当代 Ⅳ.①I227

中国版本图书馆CIP数据核字(2021)第260329号

九月雪 —— 车攻诗选
JIUYUE XUE　CHEGONG SHIXUAN

著　　者：车　攻
策划编辑：姚　恋
责任编辑：朱兆瑞
书籍设计：马天玲
出　　版：東方出版社
发　　行：人民东方出版传媒有限公司
地　　址：北京市西城区北三环中路6号
邮　　编：100120
印　　刷：天津图文方嘉印刷有限公司
版　　次：2022年1月第1版
印　　次：2022年1月第1次印刷
开　　本：880毫米×1230毫米 1/32
印　　张：9.125
字　　数：250千字
书　　号：ISBN 978-7-5207-1384-9
定　　价：68.00元
发行电话：(010)85924663 85924644　85924641

目录

序一 以心观大千，以情观世道

◇ 杨克

车攻早在20世纪80年代就写诗，迄今坚持了数十年。他所在企业制造“和谐号”“复兴号”高铁列车的核心部件。我觉得要感谢他和他的同事们，因为在中国的高速发展过程中，高铁是科技革命和新工业的象征，被誉为中国“新四大发明”之一。套用马克思的一句话，高铁是“历史前进的火车头”。我一直觉得应给高铁写一首诗，才对得起生逢百年未有之大变局的时代。

有意思的是，车攻写的不是未来之诗、高速之诗，他写的是从前慢，是古老乡村的挽歌。

此次车攻出版的《九月雪》，一页页翻来，总体感觉就是：耐读。

诗能做到耐读并不容易。诗的本质在于抒情，车攻的诗却偏于叙事，他对生活之事所作的艺术化处理轻描淡写，了无痕迹。譬如，《浮云之南：西山故事》“对焦”了导游夏雨，对她“一路上的切片”进行了一个又一个“蒙太奇”的叠加，以场景的切换来推动和展开他诗中特有的故事情节：

导游夏雨很像她的小雀斑
点点滴滴都好动人

叙事技巧在车攻这里轻车熟路，他在字里行间将客观真实的叙述与主观强烈的抒情融为一体，叙事中不乏抒情。

拜孔子拜观音再拜太上老君
儒释道就算一家
夏雨真的非常聪明

……

导游夏雨敛不住知识分子般的笑容

密集的渲染，给一种如见其人、如闻其声的感觉，一个立体生动的导游夏雨呈现在读者眼前。

车攻的不少诗是对故土人和事的书写，例如《九月雪》这一首，甚至有小说的铺排和散文的句法，一开头就将时间拨到了九月，地标定位到了湘北澧县，主角是诗人的外祖父，引出时间、地点、人物这些要素，通过对具体细节的关注来表达他对外祖父的命运、澧阳平原的记忆以及人类情感的思考。

苍山如海残阳如血　是革命的远征

外祖父夕阳似的潮红　只留在一张老脸上

胸口又疼的这个时候　终于见到了澧阳平原

残阳也正好　外祖父的审美直觉

受到澧阳平原阡陌交通的牵引

把湘西山地的记忆折皱　拉得线一样笔直

此时草鞋底已穿透了　外祖父更关心澧阳平原

大片大片雪白雪白的棉花　可织多少布　纺多少线
茶陵厨子外祖父　缺乏织品制造和流通的常识
还缺乏宏观或微观的经济学理论
但知道棉籽打出的油很香
正如知识分子　求知欲　并不妨碍
他去炒股或愤世嫉俗
澧阳平原阔大而盛开棉花　肯定也不妨碍
外祖父一天走八十里
寻找一家拥有X光设备的医院　好发现胸膜上的病灶
外祖父当然也没有料到　自己三个月后
就殁于澧县人民医院的确诊了
而这个冬天也真怪　连一粒雪籽都没有
外祖父冥冥之中　大概能记起
走也走不完的澧阳平原
盛开的棉朵　极像是下了好大一场雪

一首好诗，具备了两个显著的特点——情境与意境，互为表里，贯通融会。

诗人近乎偏爱《九月雪》，把诗题用作书名。车攻的叙事里，暗含了“抒情性”，没有雪的冬天，走也走不完的澧阳平原，遍布盛开的棉朵。它们是客观呈现，也是诗人主观发现，情愫像血液汩汩流动于诗人的娓娓述说中。叙事写到极致往往就是诗史，《九月雪》接近“小史诗”的写法，一首“苍山如海残阳如血”的挽歌关乎祖父，关乎家园。

以心观大千，以情观世道。车攻的很多诗，将日常琐碎之事写得出神入化。只有人格精神的大气量，才能让这种小情趣进入大意境，然后再进入诗文自由吞吐和自然呼吸的状态。车攻的《故事》将那一年的同窗老易、那一年的上司老王、那一年的乡党老姚一一道来，如一幅幅白描画，叙事之功，在于抓特点。一本关于“性与超越”的劳伦斯小说《查特莱夫人的情人》，一部借来耍威风的摩托罗拉手提电话，一台充面子的大众汽车，仿佛浮生图，诗人一直游走在虚构与真实的中间地带。他这种介于叙述者与作者之间的亦真亦假的暧昧定位，是为了让“真境逼而神境生”。显然，当神游与驰怀互为表里，精神的寄托和象征就有了。

我也读了老易介绍的书
老张在另一个铺上　微微一笑
既然你都能买到　这本书
大约　就不是什么见不得人的书

车攻因为一本书就相信了同窗老易，言下之意，书还是好书，人还是好人。《查特莱夫人的情人》一度被冠之“禁书”，并非色情，也非出轨，而是由于身为贵族夫人的康妮和园林看守梅勒斯的结合，触碰了当时英国主流社会价值观的敏感之处。正如霍嘉特在这本书1961年版的序言里所说的，这本书是“洁净、严肃的美文”，“如果这样的书我们都试图当成淫秽书来读，那就说明我们才叫肮脏。我们不是在玷污劳伦斯，而是在玷污我们自己”。而车攻来得更直接：既然你都能买到这本书，大约就不是什么见不得人的书。这份纯粹，足以抵抗人世又虚又假的一面，足以体现一个诗人最真最纯的情怀。

车攻在写他自己，写他的同伴，却建构了一个时代的断片。主人公也许只是某一个具体的人，可他身上或他们之间的故事，却是众多人物的集中和人性集合。

基于此，车攻诗歌的语言文字、所传达的力量和历史语境，远大过仅仅是停留于诗的剖析。

停电万岁　哦嗬
谁这么一起哄
教室的灯光就被消灭了
湘西北的冬天　雨雪霏霏
正好隐蔽一场有组织的转移
用一节晚自习换一场电影
这交易　简直零成本
一枚小心保存的过期门票
很容易就能蒙住看门老头的眼睛
就这样　智取电影院的偷渡客们
一下就成了失陷城池的新总督

车攻的小叙事往往很是崇尚宏大的精神，还夹带强烈的现实批判性，最后总是让人感到他对终极层面的崇高理想和宏伟精神的弘扬，从而成就了某种只可意会不可言传的终极关怀的精神意味。车攻将一个小孩利用“一枚小心保存的过期门票”蒙骗入场看电影的小事，说得“煞有其事”，他想象：

十六毫米放映机以蟋蟀的身份叫唤着　直到
男主角共产党员托玛水手勤快地拖着船甲板
我的主人公才蹑手蹑脚找到了　厅左十一排十三号

他一下子就转换到写实性的大工程：

战斗和爱情和美丽这些东西
全搭在一条军火船上　漂浮在多瑙河

无疑，诗中的车攻是唯美的，他选择的情节区别于无聊琐碎的记录。这一点，如果不是车攻的自觉追求，至少也是他人格气量的自然产物。

有气象，有气场。诗人车攻可以说是“我口出我心”和“我心不蹈迹”，他看似平静的“叙事”是大浪漫的升华。

可以想象，在未来的某一时空，乘坐比高铁更快捷更舒心的交通工具，读者捧着《九月雪》，领略一个名叫车攻的生产高铁火车头的人曾经的岁月、青年时期的亲朋好友以及他一个人的时代，是一件多么美好的事情。

是为序。

序二 莫把他乡作故乡

◇ 宋晓贤

诗人车攻是沅澧的乳汁养大的儿子，母亲河也养育了沈从文和丁玲两位文豪。

在文脉几乎断绝之时，这片土地在劫后余生之际，居然意外地迎来了一次文艺复兴。

车攻赶上了这个好时代，古老中国的20世纪80年代就如同邻邦的明治维新时代一样，由思想的启蒙而带来大地的苏醒，有多少青年学子离开家乡，去城市里闯荡，追寻自己的梦想。

大约在2001年春，在一辆开往彩云之南的慢车上，诗人折勒手拿杨克先生主编的《中国诗歌年鉴》，开始向车攻作现代诗歌“布道”。他的热情与虔诚深深感染了车攻，这位事业有成的火车制造者就这样被现代汉语诗歌征服。

那是诗歌网站的黄金时代，各路诗人唇枪舌剑，异常热闹，车攻也被卷进这场诗歌大潮之中。

对于一个诗人来说，故乡是绕不过去的。

车攻常常写到自己的故乡临澧县，写外祖父一日步行80里去看病，因为听叶蓓的歌而想起自己的盲外婆，老人家已经安息在故乡的油茶林。

四月的光芒
落在故乡和丘陵
像结荚的菜地那样　成熟
照耀着墓地里的仪式和坟头呢喃的青草
找不着　一星两点
桃红李白
茂密的油茶林
只会在梦中　开满

一树一树的洁白花瓣

阳光那样清明

——《梦的雅朵》

故乡的亲人已经埋进了故土，诗人的故乡正在逝去、旧颜已改。

诗人如果不在诗歌中描摹出故乡，或者用诗歌重构一个故乡，故乡就真的消失了。

在疲倦的视线里边　南方的丘陵划出缓慢的曲线

遥远并惆怅　像浪人的河水一样的歌谣

合着雨声打在父亲坟头

不知谁写过枯藤老树昏鸦

多少年前　火车开往哪里

在离开的站台上　看见小桥流水边的浣衣姑娘

谁又愿意离开　越走越远越走越远呵

——《流浪地图》

这样的诗句令人想起德沃夏克《念故乡》的缓慢而悠

长的旋律。

北风吹来了　每一棵树
都让秋天的声音　远远传送过来
那边坡地上　油茶将开满雪白的花朵
我将被她惦记　像过去的每个夏天
——《对生命中一个夏天的纪念》

车攻这个老男孩，居然不止一次写到盲外婆，以及她所安息的油茶林。

一个常常怀念外婆的男孩，他的童年是幸福的。

燕子来时婆婆坟头树青了
大雁去时爷爷坟头草枯了
油菜花黄太阳照在爸爸坟头了
油菜荚绿冷雨落在叔叔坟头了
——《岁末的一点感伤》

而父亲的坟地开满金灿灿的油菜花。

在诗人寄居的地方有许多荒诞事。比如：

在寒风刺背的雨季　这个春天
故乡　秧苗和很多植物都长势不良
唯有城市和无数欲望　葳蕤蓬勃
每时刻都听见钢筋水泥拔节生长的声音
——《这个春天》

又比如母亲河湘江在这里的遭遇：

人们站在钢管脚手架上
给两岸敷上坚固的混凝土
打造世上最大的　下水道

城市建设者们
以堆砌运河的气魄和方式
把湘江装扮成　排水沟
——《速写三》

类似的事情着实令诗人难受，唉，这些年，荒诞的事实在太多了，且不多说。

万事令人厌烦，日光之下没有新事。

生活在别处，在远方。

因为工作的原因，诗人也常常去到远方，与其说是领略异域风情，不如说，其潜意识里仍然是在异乡寻觅故乡的影子。

阳光温和　禾稼茁壮
我想回去向我二伯报告异乡见闻
一个叫丰田的地方
收割机行驶在富饶的田园上
乌鸦跳跃　白鹭肃立

——《在别处：收割机旁的乌鸦和白鹭》

诗人在日本见到如同故乡的稻田，只是因为耕种现代化而呈现出一种新的风景，从而感慨故乡的亲人在田地里劳作一辈子的辛酸。

其实所有的故乡，都是精神的故乡。因为人的存在，故人是肉身的存在，不如说，更是精神的存在，准确地说应该是灵魂的存在。所以，我们需要寻找的是灵魂的故乡。

有女同车　颜如舜华
驶向要去的地方
不知道　载我者谁
那位美丽健硕的非裔女士
肤质如绸缎
——《在别处：迷路》

诗人身在异域，但是，眼目所看到与联想到的仍然是“舜华”“绸缎”这样的家乡风物。

生活在别处，在远方。可是，到底在哪一个别处呢？灵魂的故乡究竟在哪里呢？

始知另一面有光辉如炬的眼睛
始茹素　始信灵魂游移
始爱上每一个傍晚

始像大家一样牵挂母亲

直待天黑　始努力读福音书入梦

——《自白》

寻寻觅觅许多年，走过世界上许多地方。他在某个容易错过的隐秘处，找到一些什么，找到朴实的爱与牵念。如今，这个男人颇似《复活》结尾的聂赫留朵夫。

浮云之南

火车在高原上爬行

火车一到高原地界上就胸闷
活像精力不支的男子
偏偏要去应付来自别处的诱惑
在这里
变成一匹小小的蠕动的爬行动物

“阿拉开窗呐” 两位城里人
把纯净水一样的空气放了进来
青烟叶的新鲜气息
导致老父亲重重地打喷嚏
儿子从没见过烟草
问是什么植物品种
大约不是罂粟
城里人很内行
总之这儿的植物多于阿拉大上海

湖南乡下人则不屑窗外的植被

只是关心

小方丈怎么可以恋爱

大蚊子可炒一盘菜

谁都没有注意

老父亲的儿子下巴抵着车窗

问题是

阳光可真厉害呀

土地那么红艳

可偏偏让女孩子的脸那样黑

西山故事

导游夏雨很像她的小雀斑
点点滴滴都好动人
谁要小便就说唱歌吧
夏雨的联想就是这样无懈可击

导游夏雨继续着乐而不淫的玩笑
一不怕苦二不怕死就不仅是句口号了
拜孔子拜观音再拜太上老君
儒释道就算一家
夏雨真的非常聪明

魁星乃北斗之首　文运之神
导游夏雨敛不住知识分子般的笑容
一颗星星和一尊神的联系
不外乎简化为一个石匠的锤子和凿子

体味这凿山为穴凿穴为佛的大美
导游夏雨带同志们远望崖下的虚无
不待完成一次艺术奇迹的剪彩仪式
老石匠便怀着一种想法向滇池飞去

导游夏雨的幽默和魁星右手的笔锋一样
被细心的民间艺术家不细心地凿掉了
……

苍山对岸的一个村庄

看你浮在水上的时候你浮在树梢上
看你浮在树上的时候你浮在石头上
看你对大理来的游船也并不那么在意
看你日日打坐　甘露观音来讲道也掏出心跳
看你白白的屋舍白白的墙
看你白白的女人白白的脸
看你种田捕鱼露出白胫浣衣
看你用洱海漂出那么好的扎染
看你白族的女儿不做远方的梦
看你苍山那边传来恋歌的男中音
看你根本不知道为炒股跳楼为恋爱离婚
看你知道了只会笑世界上怎会有这样奇怪的事
看你离我越来越近看得见我的愚蠢
看你离我越来越远终于离开了我的视线

一种残酷

尽管不见夕阳　有些微雨
仍然不妨碍　扮成一个行吟诗人
虚拟一把油纸伞
走进古城光滑的石板街巷
可马帮们已走了很远
市面上人多
卖假古玩的摊子别来无恙
只是多了英文的日文的韩文的幌子
泉水百年不变
依旧响遍全城
客栈檐上的衰草和墙角的青苔
意味着　古城存在的某一类虚证
可惜的是
茶肆里喝咖啡阅读拼音文字的白种人
迫使怀古的伪情结

不得不逃入窄而深的巷子

逃亡者终于被拐角处的孤儿院接纳

与历史唯一的对话

仅在于这次善举

并由此知道这些

七级地震的余生

可能是真正的遗产

绰约若处子

那时候
拣半天橘子皮
就可以换回一块红薯做的糖
只要上下齿拼命撕扯
美妙的甜度就会有力地攻进牙的城门
而玉龙雪山当然不像笔者
童年的况味
只系于一种黏度非常的甜品
她的过去
大致与很多知名的海水浴场相关
因为她脚下一个叫干海子的松林里
拣过橘子皮的手分明可以拣选贝类
浅陋的笔者
于是想起了安徒生的某个篇目来

习　惯

一种不卫生的习惯始于文明动机
在一个特别时空
确实可以看报纸　不合时宜的小说
或是哪位大师级作家拾人牙慧的随笔
这种行为艺术
仅仅是习惯
一如
某人爱交女友　某人不爱交女友
与真正或严肃的阅读无关
而且它那样的不卫生
与许多不良的习惯一样
有害于生理健康
但若是
想作绅士想作淑女而想读诗
想读诗而染上这种不良习惯

会有重大发现

无论如何

在洗手间读诗

是最佳选择

断　章

天晴不宜旅行
年少不要恋爱

春天无花最好
水中无鱼更妙

跳舞合戴枷锁
濯足须穿袜子

幸哉绅士随地出恭
妙乎淑女龇牙骂街

叫花子睡去伺宠三千
酸秀才醒来册封万户

迎着月亮飞行的感想

诗歌　必须消灭形容
即便她本身就是　形容词
动词　也没法采用
唯一确切的动态　只属于
那个很古典的会飞的少妇
很可能　一辈子也接近不了她
即便是面对面　唯一的光明
阴柔之美　完全女人
只有诗歌才会受到折磨
疯了似的以为　一切都会柔情似水
根据某些时候的经验
宁愿　她离我远些　再远一些
不必这样像一枚夸张的　金币
轻轻地就被抛到空中
一伸手　就能抓住

九月雪

往澧县的班车开了　外祖父甚至有些高兴
红色班车被灰尘掩护着　逃避了债权人
一点也没有
某位少年望着一袭红裙离去的伤心
更不像拜金主义时代　股权变成一条泥鳅后无法把握的沮丧
车票七角　外祖父把这份额外收入包裹好
拿一枚分币买了一杯凉茶　糖精正好　薄荷正好
外祖父更满意凉茶　红红的色素
只是没有料到　这次远行事后被不肖子孙记录下来
且用时尚的白话　并存入计算机软盘　否则
外祖父要换件干净的衫子　起码会穿胶鞋
草鞋踩在砂子上　显示了外祖父真正的民间立场
公路铺得很好　一路可走到津市这样的热闹地方
路上尽是软和的砂砾　外祖父听见自己走得吱吱响
一个多钟头就到了七重堰　这墟场离中央首长的老屋很近

外祖父却不曾预料　后来这里还会有外资企业
出品董事长　总经理　法人代表　企业家
而且总理也来　省长也来　部长也来
又有谁知道　四十年前
一位茶陵籍的大师傅会路过这里
望见白虎山　就要到张公庙了　过了这渡口　澧县就不远了
外祖父可以靠着船帮喘息　用澧水浇虚汗　掬澧水解渴
苍山如海残阳如血　是革命的远征
外祖父夕阳似的潮红　只留在一张老脸上
胸口又疼的这个时候　终于见到了澧阳平原
残阳也正好　外祖父的审美直觉
受到澧阳平原阡陌交通的牵引
把湘西山地的记忆折皱　拉得线一样笔直
此时草鞋底已穿透了　外祖父更关心澧阳平原
大片大片雪白雪白的棉花　可织多少布　纺多少线

茶陵厨子外祖父　缺乏织品制造和流通的常识

还缺乏宏观或微观的经济学理论

但知道棉籽打出的油很香

正如知识分子　求知欲　并不妨碍

他去炒股或愤世嫉俗

澧阳平原阔大而盛开棉花　肯定也不妨碍

外祖父一天走八十里

寻找一家拥有 X 光设备的医院　好发现胸膜上的病灶

外祖父当然也没有料到　自己三个月后

就殁于澧县人民医院的确诊了

而这个冬天也真怪　连一粒雪籽都没有

外祖父冥冥之中　大概能记起

走也走不完的澧阳平原

盛开的棉朵　极像是下了好大一场雪

风景和梦话

风景

谁家的孩子妈妈在叫她
炊烟正在谁家的茅檐飘散
再淘气的植物
在冬天都是可怜的孩子

野地里孩子听不见
妈妈在叫她
风中那些树听不见
冬天在叫她

孩子站成一株小小的植物
看着她的村子　消失
听到远远的风琴声
从没有庄稼的田野吹过来

梦话

妈妈在叫她

妈妈没有在叫她

可以成为事件　亦可忽略

就像　如果没有母亲

谁的妈妈都可以叫她

也可以没有一个妈妈叫她

假设她已经不是孩子或者老去

就像　落叶树落掉最后一片表现欲

妈妈叫她如风笛一般传过来

这可能有点儿抒情也可能更糟

找不到季节的事物

就像　孩子没有听到妈妈在叫她

或者说　对于枯萎的事物

谁的妈妈在叫她都没有多少意义

多瑙河之波

停电万岁　哦嗬
谁这么一起哄　教室的灯光就被消灭了
湘西北的冬天　雨雪霏霏
正好隐蔽一场有组织的转移
用一节晚自习换一场电影
这交易　简直零成本
一枚小心保存的过期门票
很容易就能蒙住看门老头的眼睛
就这样　智取电影院的偷渡客们
一下就成了失陷城池的新总督
但有很多胸毛的米哈依船长正拥着新娘　温柔而眠
谁也不敢大声呼吸
十六毫米放映机以蟋蟀的身份叫唤着　直到
男主角共产党员托玛水手勤快地拖着船甲板
我的主人公才蹑手蹑脚找到了　厅左十一排十三号

战斗和爱情和美丽这些东西
全搭在一条军火船上　漂浮在多瑙河
这时候观察我的主人公　真是一件残酷的事情
托玛大叔托玛大叔
小男孩的呼喊很有可能暴露某种玄机
大家都有害怕被发现的经历　我的主人公也不例外
换胶片的时候　银幕上晃过硕大的人头
形成招摇的手的热带丛林
于是不难找到　最安全的潜伏方式
厅左十一排十二号　仍是一个空着的座位
河上的水雷没有爆炸
只有托玛大叔知道船要去的地方
多瑙河之波　这晚的片名　她先知道
我的主人公的合法门票有她合法的指纹
我要把你扔进河里去

船长正托着娇妻　快乐地转圈儿
但只要厅左十一排十二号　永远空号
我的主人公就永远不会晕眩
她没有来永远没来　她肯定永远不知道
安娜是谁　安娜是位好姑娘

故　事

那一年　同窗老易
躺在宿舍上铺　黑灯瞎火里
把劳伦斯的书　复述得
心惊肉跳　暑假之后
终于得到《查特莱夫人的情人》
躺在宿舍下铺　告诉大家
我也读了老易介绍的书
老张在另一个铺上　微微一笑
既然你都能买到　这本书
大约　就不是什么见不得人的书

那一年　上司老王
把他的摩托罗拉给我　上省城
去搞定一件事情　拎着借来的砖脑壳
很是风光了一把　直到现在

仍然是逗大家呵呵笑的话题

笑过之后　又觉得无趣

既然引车卖浆的人民都在用　这手提

大约　绝不是什么稀罕玩意儿

那一年　乡党老姚

开着公家配的普桑　来接我

并告诫　就你那点工资

就是买过桥票　也是不够滴

不止那点工资之后　一咬牙

我就选了一台德国某公司的产品

想想在乡亲面前　愤青的模样

不安之余　遂念起老张的微笑

既然如此这般了　这车子

大约　也不是什么值得一说的由头

红　豆

一过夏天

红豆结满枝头

也有不少洒落下来

常常见到

红红的小果实

铺在院子里

同事们上班下班

踩过来　踩过去

办公室的小女生们

也没有谁去

采撷一颗

只是上班下班

踩过来　踩过去

失去浮力的空气

我这辈子肯定是长不出翅膀了
你大约也不能蜕变为一只蝴蝶
绝对自由　庄子说的　变鱼为鸟
只是不明白这假设的智慧用什么做嫁妆
蜻蜓静美宛若处子　但我不敢　揭开谜底
常识让人怀疑任何的无条件
鹰隼一般向物质世界俯冲
鸽群打着口哨高翔虚无
没有绝对理由　却需要某种凭证
爱的纸鸢向隅而泣时　不贞的浮云正恣意游移
不会在乎谁是美女作家　谁是真正的禅者
欲望的蝙蝠正像一颗黑色的流星坠落
这与空气动力学原理有什么关系呢

新　年

在祖父坟头

我知道

他已睡去久矣

或梦见我种他的地

一如冬天去了

我还如他墓前的春草

油油地活着

是啊　新年

新年诞生了

旧年就死了

清　明

温和的风里　阔叶杨
鲜嫩地生长　让人感觉
这个时节　似乎与雨水无关
不是杜牧写的那个样子
坟地里　阳光有一些节制
但仍然像油菜地那样灿烂
花瓣抚遍身体
忧伤和叹息也沾上花粉气息
感染一个仪式　并让人想起
路上的行人　和那些
没有花香的坟地

成都加华影城

一只蟑螂在宏伟的建筑内疾速滑动
行踪世故而圆熟　在空阔的地面
她的独行者的姿态　甚至很有一些
褐红色的美感　彩色地砖上
释动的愉快和自由　使人忘却
等待的电影《理发师》
和成都出美女这一类说法
就这样　在影院走廊　静坐着并看见
她忽然有所畏惧而狂奔起来
对面那位美丽的服务员　踩了上去

有什么可以阻止老去

在一个个有风或无风的日子
常常这样问　有什么可以阻止老去
酒的雨水　爱情的朝露
诗歌的照耀　抑或一棵树的信念
十年百年甚至一千年　站在那里
老去　像落在叶子的每一片夕阳
天才和成就和美丽如日中天
从这个时候滑向傍晚　绚烂地
老去　像流过少年的河
她的桑林摘不到哪怕一颗桑葚
暮色四合　村庄正在炊烟里
老去　像父亲的坟地
曾在春天开遍灿黄灿黄的油菜花
不知道他的灵魂　会不会
老去　像夜色浸透的诗歌

花蕊成为落果　苔藓正在枯萎
姑娘去了南方的城市　一天天
老去　像看不见的太阳
一天天地放射着枯黄的　皱纹

岁末的一点感伤

鸡鸣了婆婆要锄棉地了
天蒙了婆婆要浇菜地了
点灯了婆婆要纺纱了
听不见狗吠婆婆睡着了

…………

桃花开了爷爷要犁田了

道水涨了爷爷要扳罾了

茶籽落了爷爷要下津市卖谷了

三十晚上爷爷要吃炖猪蹄了

…………

燕子来时婆婆坟头草青了

大雁去时爷爷坟头树枯了

油菜花黄太阳照在爸爸坟头了

油菜荚绿冷雨落在叔叔坟头了

…………

名　片

曾经以为很多事情会消失
不像孩子走失了　可以叫唤　也可能哭泣
初春的下午　少见的阳光让人心动
有那么一点　平静的引力　拉动抽屉
那个时间　还真的不知道
有那么多名字　和自己的生活有过关系
也有那么多考过的功课　印证着遗忘的羞怯
像孩子拣不到他的答案　怎么也挑拣不到
仍然新鲜的姓名　寻不到春天的花儿
但深信茶树林里　新长出的菌类
坚持用手指拂去一大堆
推销人员留下的吴越软语和广东话和拱手作揖
场面上　北人善饮　川军也腆肚皮
酒精气息无法证明谁醉与不醉
像每一个季节　既关乎阳光也关乎雨水
知道他们的头衔　就知道他们是官人还是经理

阴柔的名字却无法告白　她们是女士还是妹子
她们的笑声已经模糊一团
她们转身时　没有谁去注意她们扭动的臀部
见面互报称号　在三国水浒里　只是打仗的信号
与其他无涉　不可以想象一夜情　除非永远
想去保存这一个或 N 个　稀有事态
局面绝对有失控的可能
假设明天有雷雨　河水就会暴涨
像手淹没在一堆如水的名字
记忆却在表面漂浮　听见如歌的叫唤和哭泣
那是一位读过我的诗歌的人
听说这位老大正在云游四方
怎么也想不起他的名字
因为总不会有他们的名片
父亲母亲　恋人　僧侣　绿林好汉　还有诗人

没有老虎，山林就没有意义

英雄武松　带我走近傍晚景阳冈那片林子
山下店家已经打烊
炊烟融入暮霭　山岚在浮游
夕阳落入丛林深处　店小二呼唤着谁
声音渐渐消失　听不见
悠远的回声　醉意绵绵
我们只感觉到　宇宙的空旷
孤独　像林梢掠过的鸟
余晖染在翅膀上　像一介归人
此时　很想告诉我的同伴
大家并非都能够搞定它
一只吊睛白额的老虎　只有在英雄手下
才是一只小小的大虫
在丛林　英雄武松　不会寂寞
此时在那里　我只读到一片松涛

感到远方的故乡　已是忧伤的冬天
旷野静谧　白雪纷纷扬扬
犬吠和鸡鸣　从远方飘过来
沿着花瓣似的兽迹　可以寻找到
水浒里头　一模一样的老虎
这真实的童话　让我猜想
白雪淹没的茅舍　一定住着
幸福的猎人　总在等待冬天下雪
轻而易举　就能撂翻吊睛白额的大虫

爸爸讲的故事　让我忘记了
那些悲伤　那些没有意义的山林

记忆：一只鸟掠过夕阳

天黑前一定要赶到城市
像一个真的要回家的人
看见田野远去　村庄在消失

想起牧童拍着他的水牛回来

一定是听到了妈妈的叫唤

在车上只能听见呼呼的风声

像一只惊慌的老鼠飞快地逃窜

急急忙忙寻找城市的地洞

母亲和村镇却在愈行愈远

感觉不到蟋蟀的欢叫和天色静美

直到一只鸟优雅地飞来

成为一片一掠而过的温柔夕阳

对生命中一个夏天的纪念

北风吹来了　每一棵树
都让秋天的声音　远远传送过来
那边坡地上　油茶将开满雪白的花朵
我将被她惦记　像过去的每个夏天
总是叨叨着　不能下河洗冷水啦
在凉爽的早晨和傍晚　逼我加上衣裳
外婆的白发　总是淹没了我的眼睛
这个夏天　我却被遗忘在这里
被炎热绑架　沦为冷气房间的囚徒
透过紧闭的窗户　只看见被曝晒的树
和年轻女人们　同一类性质的暴露
如同外婆眼里的黑暗　灿烂得如日中天
但我知道　一个季节的所有意义
这一个夏天　只是许多夏天中的一个
坡地上　浓荫蔽地的油茶林里

外婆已经晒不到　雪白的太阳
没有一条道水那样的河
能让我替她担水浣衣　或者再经历那一种夏天
我发福谢顶的模样　以及被生活破坏掉的一切
都已不被我的盲外婆握捏
在没有外婆的夏天　能够做的
只是等待至今　飒飒秋风从北面吹过
从那边送来　外婆坟前的油茶花香
以及　她离开的最后一声叹息

读布拉加的《夏娃》

外科医生托马斯
像集邮那样收集女友
曾经有过不下一百个情人
我这样对学友老 Y 谈起　昆德拉的小说
外科医生托马斯
从来不将他的邮票加进邮册
我对老 Y 这样比喻
外科医生托马斯　对女伴们的这个态度
老 Y 似乎体会过
说那个时刻想的就是　踢她（们）下去
但好像有两个女人　我对老 Y 指出
外科医生托马斯　唯一的老婆以及女画家萨宾娜
昆德拉写道　只有她们是
与外科医生托马斯共枕而眠的例外
这里面一定暗藏玄机　老 Y 评说

想想也是　她们应该有一点居心叵测

把自己写成一个猜不透的谜面

让男人去绞尽脑汁

不然　有了谜底

就会像老 Y 预料的　被踢了下去

附：《夏娃》

著／布拉加　　译／高兴

当蛇将苹果递给夏娃时，
用银铃般在树叶间
回荡的声音同她说着话。
但它碰巧还向她耳语了几句，
声音低得不能再低，
说了些《圣经》没有提到的事情。
就连上帝也没听见它到底说了些什么。
尽管他一直在旁边听，
而夏娃甚至对亚当也不愿透露。

从此，女人在眼睑下藏着一个秘密
并不时地眨着睫毛，仿佛想说
她知道一些我们不知道的事情，
一些谁都不知道的事情，
包括上帝。

夜读《水浒传》第四十二回

天色渐渐微明　在回家的路上
好汉李逵心情不错　很快放了李鬼那厮
他肯定不是一个行吟诗人
但注意到李鬼的女人　鬓鬓边插一束野花
于是出现了　一个男人爱母亲之外的女人
最坏的可能性　阳光在刀锋闪烁
只有去李鬼腿上割下两块肉来　好汉李逵才不再郁闷
这时他很想唱点什么　只有母亲能够感觉
星明月朗　他的脚步像歌声一样洒落于丛林
一步步捱上岭来　而听见母亲轻唤
救我一救　只见朴刀插在那里
月色静静消失　孤独与世界
已不再属于她　泪水和一切
于山野尽头　留在一个男人心上
在天风送过的静寂里　还有什么更能吞噬他的母亲

流浪地图

在天黑之前闭上眼睛　黑夜就会这么到来
可以掩护的逃离　不必在黄昏之后
等待风吹过荒凉的头顶　招不安之魂
行不实之路　闻不到春天稻田里泥土在腐烂
看不见山上的青翠和开了的花朵
想不起披着蓑衣赶牛的归人
把灵魂当作蚂蚁　义无反顾跑个不休
在疲倦的视线里边　南方的丘陵划出缓慢的曲线
遥远并惆怅　像浪人的河水一样的歌谣
合着雨声打在父亲坟头
不知谁写过枯藤老树昏鸦
多少年前　火车开往哪里
在离开的站台上　看见小桥流水边的浣衣姑娘
谁又愿意离开　越走越远越走越远呵

梦的雅朵

四月的光芒

落在故乡和丘陵

像结荚的菜地那样　成熟

照耀着墓地里的仪式和坟头呢喃的青草

找不着　一星两点

桃红李白

茂密的油茶林

只会在梦中　开满

一树一树的洁白花瓣

阳光那样清明

让人明白　春天　正在过去

没有什么能够留住　这个季节

在想象的松涛中　吹过

像　唤我的声音　越来越小

像　对面曾经落过雪的山冈

常绿的茶林　静静地
燃烧着　雪白的梦陀花
像　满山遍野　Mondialito *
这将把什么埋葬的　歌声

---

* Mondialito，日本21世纪初的乐队名，中文名为“梦的雅朵”。

陈克明面条

在前往机场的途中　一个男人
把自己的名字　刷在农舍的墙上
像一个孤独的狙击手　对峙着另一方
沿高速路　地产商
汽车巨头　高尔夫　美容机构
组成的军团　和他们
用钢铁支撑的资本旗帜
由长沙城　一路扑过来
实际的情形是　容不得谁有所反应
就那么一眼　那面涂成蓝色广告的舍墙
和陈克明这个名字
瞬间就被甩在脑后
像被城市甩掉的田野
像被女人们甩掉的导致发胖的碳水化合物
或者　早晨刚被我吞进去

晚上又要被我甩掉的一种习惯

一种被有人称为恩格尔系数的东西

关乎农业　超市货架　以及被饥饿撑大了的胃

留在嗝间的油盐和酱醋

所带来的　多数人的信心

一如现在　在投奔城市途中

因为陈克明所赋予的这种形式和内容

让人面对　灯红酒绿　纸醉金迷的街垒

就不再是一个饿着肚子的叛徒

于是乎忘却每一个早晨　可以

不贪婪　不懒惰　不淫欲

不骄横　不嫉妒　不愤怒

但就是　不能不　饕餮

一大碗好吃的　面条

幸福深处

叶蓓的歌　让我
想起我的盲外婆
她只能用手来看　谁
是好人　从我的手
感受内心的　泪水
像　她安息的油茶林
夜落下来　谁
也看不见也猜不透

她的幸福　早就在
黑暗的深处

我的大学

从校门到公交车站是一条直线
走半公里感受工业　再走半公里接触到城市
之前　我的大学　以退避三舍的态度
小隐隐于野　桃李不言下自成蹊　多年之后
谁懂得　退一步与海阔天空之间
存在着怎样的诡秘关系
这一拨人的城市化
怎样始于一大片菜地
途经一家制造卷烟的工厂
终止于一个象征
诸如此类等等等等修辞格
在记忆的视界之内
田舍用红的窑砖制造　风景由绿的水杉构成(对偶)
传达室门前　葡萄藤和门外的榆钱　长势良好
突出红色仿苏教学楼　砖木结构　严肃而活泼

显示对称的美　不太符合　因果或者转折

这一类造句条件　譬如　78 级中 18 班

好读书求甚解　但是没有谁不知道(双重否定　表强调)

地师级校长杜修金是革命者

老干部　地师级巡视员刘禹锡是诗人

于是乎　有人站在红砖宿舍窗口　想象不远的白马湖

软泥上的青荇　油油地在水底招摇

也有人反感形而上学　总是　把地板刷洗得

能够看清一九五八年的木纹　(动宾词组作补语)

还有人蓄着卡尔·马克思那样的胡子

有人未婚　有人未离婚

有人睡上铺　有人因工作需要永远睡下铺

有人善吹黑管

有人像一个真正的布尔什维克　用手风琴伴奏

男声小组唱　啊朋友再见

有人想当人大代表　有人要求改善伙食　（否则罢课）
有人在墙壁上把诗歌写成不错的楷书　（以上排比）
有人利用别人看电影的时间　在几棵树下　走来又走去
念念叨叨　欲弄出一些　不列颠图书馆那样的足迹
（呵呵）　英语在滚滚红尘中　粉丝甚众　人尽可夫
谁都可以凭顽固的记忆　愤青一般蔑视
周树人　颍考叔　卡列尼娜　朱东润　杜工部　兰陵笑笑生
寻寻觅觅　北冰洋上　（本地多湖泊）　不知其几千里
有一条名叫鲲的大鱼　　胡姓先生很少用粉笔板书
只望着围墙（非围城）外的田塍（非租界）　冷冷地说道
泥鳅者　高蛋白食物也（者也结构）
可用于　饕餮　（双声联绵词）　被教育心理学视为
匮乏条件下的反射活动　存在决定意识的证据之一
就像　一张五分钱的公共汽车票　只允许在上南门下车

它与沅江有没有船　与麻阳街有无吊脚楼
与一位伟大诗人是否到过德山　与公园内宋代的铸铁文物
与国民党军第 74 军第 57 师纪念塔无关
否则　违背价值规则
潜入烟厂用餐洗浴或其他　均为慷国家之慨
与非法同居　与未婚先孕　同样可耻
虽属于道德范畴的问题
但事关社会主义民主和法制
属于沉沦　乃郁达夫式悒郁症
要求每个进步青年　吸取　聂赫留朵夫的教训
拿起批评和自我批评的武器
对学生干部曰　时刻准备着　忠诚党的教育事业

（大家莞尔一笑）　在城乡接合部　在努力生长的菜蔬

在最后一季水稻　在地头的衰草
在美丽的冰雹和夕阳　在这半公里到一公里之间
冠者五六人　童子六七人　风乎舞雩
我们从西郊　从护城公社　从三岔路　走散

小风景

一九八〇年暑假　我
像马理尼央神甫那样
不安于　一个哥们
携了女生　一道
走进　镇外的月夜
只能以尾随表达　不快并蔑视
留在银色月光下的迤逦身影
这青春的秘密　让人
在不知其所以的时候　听见
稻田远处　和公路尽头传来的歌声
在空明的夜色里　我
像马理尼央神甫那样　感到　精神恍惚
几乎有些惭愧　如同
闯入了　莫泊桑写到的
不应当进去的异教庙宇

时　间

我看见从未看见的时间
这把剃刀的刀口
有一些寒意　或许温暖的光芒
不动声色　徐徐前行
沿每一寸表面
削除所有簇新的事物
包括　对某个女人的愿望
初春的早晨　阳光下的涟漪
内心的微笑　萌生的美
它随着谁的手指逡巡抚触
在日渐松弛的皮肤
风　嘘过不再生长的稻田
像谁的呼吸吹拂在脸上
轻轻刮去留在腮部的残根
这次全接触的后果

被同一个季节的诗歌视为
落木萧萧　悲风飒飒
让我想起洁白的油茶花瓣
飘零于南方的丘陵
淹没了那些熟悉的坟地
而它的刀锋　已游走到另外的表面
更是以不易察觉的方式
像蛛丝一样轻轻抹去
风吹草低时节　灵魂的黑暗深处
羊群一般洁白的欲念
这让我想到下雪天马上会到
它隐藏在昏黄的阴云之后
冬天的肤屑　纷纷扬扬落下来

与博客有关的另一件事

我读到一个我从不知道的博客 *
如同一个窥视者
站在黑夜的窗口　想去发现
一些想要知道的东西
在　小资　白领丽人
爱情至上主义者的残余
值得重视或蔑视的女人
为想要捍卫的事物而牺牲的节妇
所开辟的一团黑暗之中
我突然收到　关于冬天
也就是说今天下了雪　这样一条短信
也就不再愿意　去翻检尸香萦绕的那些档案

* 博客上的博文名为《北飞的候鸟》，讲的是一桩自杀案。

和它所记录的一些

包括　死亡幕后的化妆间里

留给我们这些陌生活人

所有的贞洁与放纵

尘世与天国　幸与不幸　绝望与遐想

等等等等一切的饰品和道具

说实话　在这个黑夜下的墓地博客前

我无法看穿夜空深处的另一面

只读到　不说再见 *

这不错的诗句

---

*《不说再见》，最后一则，写道：“向我的朋友们。向这个华丽又肮脏的世界。在夜深人静的时候，安静的，孤独的等待。”

《东》：诗的品质

那晚饮后与折勒谈到
贾樟柯　拍一个叫刘小东的艺术家
画 12 个男人
又画 12 个女人
就这样一部电影　我说
你说过　好诗就是——真实
但如果比真实更要命的真实呢
你还说　好诗就是——简洁
但如果比简洁更要命的简洁呢
你说　好诗就是——消灭语言
但如果比消灭语言更要命地消灭语言呢
你说　好诗就是——美
但如果有比美更要命的美呢
你说　好诗力透纸背　鞭笞我们丑陋的灵魂
但如果有谁就那么一刀便削了

我等行尸走肉而刀刃若新发于硎呢

你说　好诗就是——好诗

但如果一部电影她就不是一部电影

那应该是什么　我问

折勒答道　一首好诗

北京的冬天

从热烘烘的窗户　张望
应该是　一所很牛的大学
在刮风的阳光下　冷静地
很禅宗地　以不变应万变地
像可以两次甚至 N 次踏进的河流那样地
绝对静止　让人
在某学院的洗手间　完事之后
总要停伫在可以看看风景的窗前
感受　一所巍峨的大学　静若处子的楼
和比我头顶还秃的树　像冻僵了一样
像我的愚钝的想法凝固而绝望　但
就在系好裤子的时候
我发现了　唯一运动的事件
远处锅炉房烟囱在冒出白烟
像春天的云朵　缓慢地飘浮在灰蒙蒙的天空下

吉卜赛婚礼

我很不情愿　在城里人面前

露出不懂艺术的样子

试着很陶醉地　千方百计

去读　这个情欲和死亡构成的故事

在保利剧院　我没能

争取到　剧情介绍

只好争取不瞌睡　努力猜度

那个新娘逃之夭夭的合理性

觉得　吉他弹得不错

西班牙女郎美丽风骚绰约非处女

与我年龄相当比我露顶更甚的男主角

在杀死新郎之前

像打摆子　像永动机被发明

瑟瑟发抖噼啪作响　在不停地

踢踏踢踏踢踏踢踏踢踏踢踏踢踏踢踏

就这么　一直到死

天下的母亲在哭

我从来相信　只有母亲
（对　只有母亲）
才会哭　只有母亲
她的悲伤　才是悲伤
她的泪水　才是泪水
她的心　才有燃烧的岩浆
从苦难深处涌流出来
把每一天都覆盖　灼烤
每一具活着的行尸走肉
戊子年初夏　母亲们的哭声
让我想起了　很多已被遗忘的
事情　包括眼泪甚至一切
浅显的道理　只有母亲
才会为我们而哭
才会让我们为母亲的哭而哭

死亡进行时——5月12日祭

五月　春天已成为
死亡田园　等待谁来收割
曾经　它只是遥远的花瓣
星星点点　落在梦中的坟地
只是一种抒情的姿态　如
怀念父亲和外婆那样柔美
甚至像临终的诗那样　让人
如此迷恋　并非五月的死亡
我看到阳光下　午后的大风
使蓬勃生长的一切　都随之起舞
在死亡田园掀起无边无际的麦浪
土地辽阔而富饶　所有
愿意或不愿意的死亡
都是那样的葳蕤　让人
如此厌恶　垃圾似的肉身

在腐臭的酒精或体液中　寻求
活的依据　贪婪的理由
占有全部阳光和空气　黄金和女人　国家
还有一种叫钩的事物的可能性　让有的人
唱出再活五百年
只感觉乒乒乓乓心跳　唧唧喳喳胃痉挛
轰轰隆隆精神分裂　那一刻
薄如蝉翼的灵魂　鸟绒那样轻盈的
命运　在死亡田园摇曳多姿
花团锦簇相依相偎的脸　让人
如此陶醉　沾满花粉的手
把我老去的心　轻轻地抚触
而不再害怕　谁来收割
并在这死亡进行时刻　闻到了五月的芬芳

北　站

某年某月某日　突然想起
某个地方　跟一个抗婚的女人
想起一个男人　有点相似
是说记忆中的一座车站　如同
有些恐惧同时也有那么一点迷人的
一顶花轿　迎娶过
迫于生计的俗人　浪人或过客　抑或
不知道明天和爱情在何方的童子
这个蹩脚譬喻　也只是想说明　一卷行李
木板钉的书箱子　户口和粮食关系
迁移证　这些　尽堆码于
遍布痰迹和冷饮包装的地面事物及其意义
其实　当踩中一块松动的地面砖
谣言似的墨黑污水溅进裤管
就知道了　九角一张的打折车票

所提供的信息　预示着日后
一个温和的下午　最后一次到过
在锈迹斑斑的护栏和蹭得油光发亮的售票窗口
遇到一位不怀恶意的女子　和她
拖在夕阳里的影子　这　使我站在
已经消失多年的某个丁字路口
百感交集　也是这样的下午
在夕阳里别过的　两个同学
或写过一些诗歌　或有着女生喜欢的个头

小人物纪念碑

就是张嘎那点年纪吧　我的大伯
必须冒死潜回他的村庄
去搞掉个把鬼子　或者是胖子翻译
如果这样　叙述就是另外的样子了
日本人打过来那年　他的婆婆
只是　吩咐她的长孙
赶紧跑回屋场中　关好鸡笼

（以下事件仍然缺少重大主题）
军舰驶往基隆　甲板上的新兵
海军陆战队员　发现了夜色香港
这是我们的　新兵们大声呼喊
我的大伯也跟着朝香港方向骂　可恨的英国佬

（事态似乎在好转）

平津战役　于我的大伯而言

跟投诚的青年军一样

没有比投奔光明更好的　结果

屋场上都恭喜我的婆婆

她的儿子在很远的大地方　当干部

某一天　在岗南水库彼岸

参观西柏坡　我知道了

革命圣地已经被复原到更高的山坡上

就这样　我的大伯　终于

跟伟大的事物　沾了一点儿边

一个修推土机的　毕其一生

能够这样　也很不错了

最　近

最近　乐意于
吃吃喝喝的条件为
或诗人　或像诗人
雨也好晴也罢　这个时节
不见草木摇落　花朵
仍在燃烧　于杯觥之间
妙语连珠　谈笑间的某位
官人失宠　被喻为　失恋
诗意　就这样被泡在酒里
像住在不远的谁　不嗜写作
擅长　人参泡酒
把它的益处　叙述为
干吧干吧　好好培养肾
原料是五粮液　而水井坊金六福
只有其中之一　被诗歌招安

被哪位视作　唯一饮品

（这位老大　每一句白话

忝列诗歌均可）　活脱脱李白

字字珠玑句句锦绣　不仅不拒绝

五粮液　尤其欢迎

每一个放荡段子　让众人兴致勃勃

唯一例外　是

一个手捧《圣经》的人　耶稣的信徒

饮而不酗乐而不淫　温和地

注视　听他说些什么的女人

迫使另一个谦谦君子　终于想出

最近　胸中大旱　这样的妙句

在写诗的人眼里纳米是什么东西

李白肯定不知道　纳米
是什么东西　拜伦雪莱也应该
不知道　尺有所短寸有所长　他们
不如　刚从发廊出来的
几个妹子　头发　被做成
染过的包谷穗子　是关于 10^{-6} 毫米
的一项技术　理发店的招牌
让老板们每天　气色不错
纳米生意　让美眉微笑　纳米的花
在发而为泽　刷玄鬓于颓肩
这　帮助写诗的人　在无法入诗的
纳米生物纳米电子纳米材料纳米机械纳米化学
这些事物之外　发现了
纳米泡过的美发　与纳米泡过的
弱水一样　沁若甘露馥如兰芷

抗疲劳　耐缺氧　《人民日报》报道
增强　防匪徒强暴的能力　让
写诗的人　非得去　睁大眼睛
寻找　一家经营纳米的店
而看见　商品介绍如下
本店专营　有机纳米　是一种
绝不含三聚氰胺石蜡农药黄曲霉素的特殊的晚稻米

青　苔

在孩子课文中　它必须
成为一条注释了
返影入深林　复照青苔上
亦可能被遗忘　即便是唐诗

我已经不知道　该如何描述
一种低等的植物　一片
躲避公众　害怕阳光的
如处子般灭亡的绿茵

青苔　不外乎一个过去
在微小的眼睛里是　大草原
放牧过很多的知识分子
放牧哲学　放牧诗歌

问题出在城市

城中的老井已被压到城市的箱底

井沿上不见女人　也不见青苔

我不说　这谁都知道

白日梦见雪落原野

城里即便下雪　也是
没有多少意思的事情
算下来　我
经历没有多少意思的
冬天　已经
三十多年了

这个春天

这个春天淫雨霏霏连月不开
杜牧的非典型清明　陌上花落
雨湿翅翼　乱红飞不起来
我把路上的行人想象为我
只觉　肉身如纸被雨淋过

黏附于不知其所以　这失魂状

让雨水浸淫　却不能发芽生长或者放飞

像在冬天写过的一纸风筝

曾在看雨的窗户　看它飞过

但天空雨云密布　它始终不现身

这个春天有很多事不能目击　只能猜测

胖子瘦了一些　富人穷了一些

瘦者更瘦一些　穷鬼更穷一些

还有很多事能够亲历却不能写入诗歌

在寒风刺背的雨季　这个春天

故乡　秧苗和很多植物都长势不良

唯有城市和无数欲望　葳蕤蓬勃

每时刻都听见钢筋水泥拔节生长的声音

倒春寒

春天气候不行

倒没给亲人添什么麻烦

二伯告诉我

过了七十

就懒得栽田了

(算退休吧)

儿子一个在市里一个在县里

最近

孙子也进城上了班

倒春寒不怕烂秧

算是这退休的意义吧

我想

无　题

到远处或者河的西岸

在淫雨霏霏的南方之夏

去造访一个喜欢读书的女子

在这个早晨

不知可否

地　铁

从五棵松经过军博的时候
记起　自此站台
上车与来京同属第一次
那时　去北京站需要换乘
直达四惠至少在十年后
二〇〇四年　通过它并通过八通线
到过京城东郊外的一个村庄
列车　就这么晃荡晃荡驶来驰去
而不管我是否来坐　二十年
足以让一个中年老去或让一个老者死去
但它　总是这么晃荡晃荡驶来驰去
而不管谁是否来坐

日全食

七月　阳光制造旱季
在冷气很足的窗口
我看见　仨俩女同事
神色庄重　通过小片墨色玻璃
把自己跟一次伟大事件　挂钩
这使我　与大家都忘记了
被日头烤焦了的日子
由天狗吃太阳　想起
久违的诗歌　随盲外婆远去的幸福
黑下来　方能读到她的生命
而无法不信　能者及其造物
一切　皆有灵魂
就黯淡了那么一会儿
友人说　上帝的凉风吹过
在热疯了的这个夏天　一下就

到了天堂　这话我信

我通过墨色玻璃仰望过两次

我的太阳　一时新月　一时残月

痛　苦

诗兄说　车攻
你的诗　最大的问题
是没有痛苦
（此言甚是）　但有谁知道
更大的痛苦　源于
你说出了你的痛苦

所以　为了苟且的快乐
我无法让人知道　我的痛苦
牺牲诗歌　亦在所不惜

两分钟纪念碑

朝菌不知晦朔　蟪蛄不知春秋
有关生命之象的所有话题　无不
有趣　又让人怅然若失
此刻我想到的是　一条命
哪怕　它短而再短犹如曦露
只要它来过　眼见上帝赐给的光
耳闻天籁　呼吸　而又返的风
都可视之为完整　即便像
从庄子的书上读到的短命
如蟪蛄朝菌类　一年抑或一天
命数如此不济　也要　作殊死抵抗
殇或云夭亡　这些个影响完整的词
在我主或我佛的字典里　位于首页
是生或曰活着　标着天价
让我等俗人明白　来那么一次　的确是

一件不错的事　但不知道

主语　是死婴还是死胎还是活过两分钟的小男孩

谓语　是早夭抑或根本就没来过

我已无法完成一则祷文　因为

我不知道　一条完整的命

即便像　所有的小男子汉那样淘气过

总在母亲的子宫　拳打脚踢

却怎么也不懂　两分钟　这一段

算活的末路　还是　死的归途

一如我不懂　准生证　呼吸道分泌物处理

是一些什么东西

人生若白驹过隙　两分钟够了　孩子

岁末之诗

暮色四合　此刻
黑夜　正在给这个年度拉上窗帘
或想为此写下什么　并于视线所及
寻找　早晨想起的某一话题
浮于睡梦的某些人事踪影　而未果
这一天　似乎与另一天身份有异
即便它排在最后　被冬天
弄得萧瑟破落　为明天又一年降临
垫背　但从今晨而此刻　只感到它
仅仅是性命里一个刻度一个绳结
与任何一天都没有两样
无一不被黑夜吞噬　且待明晨追忆
也许　确乎是另一个新年的前夜
而对于所有的过往　此刻
却怎么也摆脱不掉它的祭司身份

这些　让我怎么也完成不了
一首附庸风雅的诗
但记起年内某日　友人从广州来
他送我的书　这样写道
所有的情欲终将逝去　唯有
遵循上帝意旨的　会永远常存

庭 院

草坪见黄了　让我

想起稻谷成熟的颜色和时节

大量草类　正在田间生长着

山中　长势最好的樟树
村头　活过百年的银杏
与田间种草的农人
在千年乡土　等待
听命于挖掘工具和机械化运输
连根而起　粪土也不留下些许
统统被带进城里　让那些
有户口的　好好享用且延年益寿
而我等早先背井离乡流落街头的乡巴佬们
不知是否　从这一人工景观里
看到祖祖辈辈耕种的田畴和山野
植被葳蕤　等人出个小价钱

买　卖

公路被切成香肠　只要花钱
就可以　买那么一截　尝尝味道
省城城楼已修成牌坊式样　象征着的贞洁
和准入证　一齐在此出售
收费站笑容可掬　现金这边电子口在那边
你好　欢迎再来　出城免费
乡下山河依旧　只是　风景涨了
每一株草木　都重新核过　明码标价
做成秀丽的铜版纸券　可以要发票
报销一切愿望　当然也包括　这次假期
以及　安化县内　明清贩茶马帮
百年往返的那么一段山路　再过去
洞庭湖滩涂地　只要愿意掏腰包
春夏大水汤汤秋冬芦苇枯槁　可以想象或目击
仁者乐山智者乐水当口　收到兜售贞操的短信

像路过的开发区　土地挂牌出让
岔腿欢迎资本猛力进入　此处
内急时毋宁死　小便五毛大便一块
不自由立即被解放　如同
山脉和矿床　政见和权柄　灵魂和良知
身体和快感　学位和学分　明星和知名度
电线杆上的办证电话
都是一路可以买到的东西　包括
姓名性别出生年月籍贯工龄职务健康状况
身份证学生证驾驶证工作证准生证
总有一天　阳光也打包批发
像水一样被瓶装　像鲜美的空气被压缩
做成罐头　摆上超市的架子　呵呵
这让人无比兴奋　面对这买卖
只要银两足够　买下整个国家也不是难事

四　季

淡眼花开谢，不忍算流年。

——一条短信

不会因为立春　谁就会不老
草木尚未见绿　毛发和股市里的行情日渐凋零
絮絮叨叨絮絮叨叨　雨水又腥又淫
只有地产商同他的楼盘一起拔节生长
不会像笋那样被拔掉　但能够
砸向地面　像后面某个节气里的雷声
吵醒蜗居的小白领　是谓惊蛰
导致　金属制的甲壳虫惊惶失措落满市面
把苟活变成尸首　留一摊血渍给人围观
打酱油　是春分时学到的词组　如后头某个日子
学会用　神马是　我爸是　造句
目睹小学女生正把伞撑过一具肥硕的后背

丑陋至于秃顶　不分南方北方

惆怅东栏一株雪　人生看得几清明

谷雨时至　正好泼洒欲望

资本裹挟的主义从城市出发　包围着

每个人的故乡　田畴的周边货币来势凶猛

立夏之日蝼蝈鸣　又五日蚯蚓出　又五日

王瓜生　一律被推土机拿下

祭了履带下的肉身　物致于此小得盈满

人谓小满　或谓小小的满足

处杯觥或枕席之近　居庙堂或江湖之远

燕麦煮鲍鱼　燕麦牛乳

一百个人都不懂芒种这个词　一百个人都知道

权利和隐私耐得住小暑耐得住大暑

依然包裹严实从容面对腐草为萤大雨时行

立秋　枫叶始红　成为豪歌的燃料

泼向有别墅的那个阶级　所有街灯
在处暑　皆呈现巴黎红磨坊的标准色
只要视网膜不被搞得脱落　能饮　不得悒郁症
这时　就该从网络和现实逃亡
找一首关于秋分的诗来读一读　可能会
忘记应该忘记的一些东西
失手或被弃　或寒露将至
必须敬畏　世界的智者和仁者　隐士和圣人
故乡萝卜没有赝品　无毒　霜降后最为可食
是寒冬还是暖冬　这题目立冬了才能作答
在年末　因为这次记录　让人读到
雉入大水为蜃　这样的好诗
但记不起　小雪那天有过什么　大雪那天
又有过什么　只是冷　从小寒到大寒

春　天

春天　城乡接合部
阳光从身后投下
让我看见自己的背影
让我想到　帕斯捷尔纳克
《日瓦戈医生》的诗句　让我想到
故乡的田塍上　新鲜的畜粪
缭绕　春天的气息
这让我有些喜悦
步伐年轻　感觉温暖

如果　当时　没能撞到
挑着一副粪便担子
走在春天街道的　那个人

我的手放在仿制的树桩上

接触到　这个
冰凉而坚硬的水泥制品
我想象　它应有的繁荣
成长的年轮　集体内的个性
根系直达自然界的深处
风动时节　草木摇落　鸟歌蝉唱
丛林法则的遵守者　因竞争而亚健康
被苍苔包扎　非同类纠缠的伤痕
被隐居的诗人写过　作一个天才的
案例　吾有大树　人谓之樗
见证过　月色下的爱情
成为每一个村庄和故乡的标示
阳光雨水　从树冠洒落
于樵夫和行者靠背小憩的地方
采蘑菇的女子　拾获的笑

坎坎伐檀兮　从浓荫深处飘来
从此　不用再支撑什么了　它的上半身
已为车为舟为椽为梁为器为具为庙堂之高
只留这下半身　处江湖之远
作为孤独的标本　曾经根深叶茂
树之于无何有之乡

事实上　它的真身与同类并无异样
我只能自讨无趣　面对这
一堆混凝土　只能说它什么都不是

阳　光

遭遇到我的抵抗　它
以无法察觉的锐利进入
血液　让我目击它的伟大
在血液里存在　以及
血液在体内的存在
我看见　阳光在血液里弥漫
于半透明的晕红　把我浸泡
这时　我不想睁开眼睛
我看见的不是风景　是存在

在云冈石窟对面

所有菩萨　如真神
慈悲藏在内心深处
一言不发

从东山　望见朝圣者们
蜂拥而至
在伊河对岸　吵成了一锅粥

黑　夜

它变成了一个消逝的词
所谓　纯粹的真正的　黑夜
伸手不见五指　暗无天日
只好用漆黑表达的那个情况
传统与后现代之间的战争行为
黑暗退守溃散　每个阴影
都被打着光的旗号的入侵者　虏获
昼夜轮政的法典一经废除
谁都不情愿　随夜色落幕
这个额头闪亮的摄政王
就那么轻而易举　收拾了月黑风高的
江湖　把每一次失眠都一把拿来
晒城市里一盏盏山寨版的太阳
冥想　啜泣　梦　吹过夜空的风声
谁家犬吠　鸡鸣于埘

所有飞在星光月色里的黑夜之鸟
被光明的赝品毒杀　做成了标本
城市不舍昼夜狂奔　碾过夜的尸骸
这几乎让所有的人绝望　于世界
被消灭的暗面　也许永远不再
除非　闭上眼睛
亲自去制造　一场纯正的黑夜
诗歌里才会有夜莺的歌唱

雨落在窗玻璃上

雨水在窗户上停留
透过玻璃　让人回忆
风吹过　一面窗户
雨挂在玻璃上
像谁流泪
在另一面窗户　大珠小珠
从高处溅下来
成为晶莹剔透的集体
属于神的分形艺术
眼前　跫音清澈
雨点飘落在玻璃上
亮花花的非规则晶体
让人想到　打碎了的灵魂

株　洲

每一天　有很多人坐火车路过这里
不管是不是发个短信来
像一位诗人路过　就发道
我不是归人是个过客　这次就不下车了
相见不如怀念　是网友
有个兄弟不想下车
这样扯道　怕你不借钱给我
或幻想一段很古典的造访
迤逦而来惆怅而往
故人也不下车　让人伤心之余
背出了新人复如何新人不如故这样的课文
当然　偶有官长路过
幸免了站台上噪音馊风中的守候
也有亲人　路过时不让我知道
总之　路过的总比下车的多

从无花的春天到多雨的秋天

七月的早晨在臭烘烘的站口等过谁

又发现　岁末的车窗里

陌生的面孔都很熟悉

在向晚的风中　呼地飞过去了

就这样　在天天有很多人路过的地方

一个问题

饥饿之惯性
止于血糖恐惧症
在超市　唯有食物人之最爱
碳水化合物是那样精美
在中产阶级家庭
确定位置　满足需求
为六零后的匮乏充分证伪
运作他们的消化道
使之由农户而非农户
由愤青而保皇党
由不惑而知天命
好胃口　全懒一碗精米白饭取悦
电锅已把生活弄熟
余下以生态覆盖
沏毛尖龙井　读参考

饮茅台　每天打练习场

或是想起某个微博需要关顾

忽生饱嗝　导致形而上

惊觉食物并非始于超市

亦不知到底产自何处

而这个发了神经的问题

竟不知问谁

自　白

父亲给的名字　羞于公开
他们的行为瞬间决定了
性别年龄民族还有自卑
源于数学和初始学历
不公布技术职称的幸运儿　好心肠一个
缺乏信心的持股人
欧片爱好者　知道苍井空及其他
特长是模仿别人
包括男女诗人们的粗口
深谙　居家的易处难处
略知　网络的妙与不妙
新闻联播时到别处围观
没逃过　腰肌劳损颈椎病和飞蚊症
保留六零后的饭量
食色均作怀旧的主题

大会不发言小会不发言

做不来革命家　待来世成大师

前列腺部位　未见发炎

只会右手写博客　用手指奔跑

赶一些无目的的路　不说谎

万能者并非在美钞这一面

始知另一面有光辉如炬的眼睛

始茹素　始信灵魂游移

始爱上每一个傍晚

始像大家一样牵挂母亲

直待天黑　始努力读福音书入梦

诗　人

破了于坚的密码

知道他的师傅是惠特曼

他写得出拉拉

我谓诗人　他还是我师傅

我们听见秋雨打在屋顶上

诗人答　我的师傅是顾城

我的师傅不在了

父亲节给父亲

西历二〇一〇年六月十九日
北京飞长沙的航班满员
空气动力学原理让肉身飘起来
万家灯火渐行渐远
夜深处月亮从舷窗外露头

这时想到了你
天上的灵魂是否在随风而舞
或是依附于这架飞行的金属外壳
透过舷窗看着你种下的我
我的头等舱正好满足你一生的虚荣
你大约只坐过一次经济舱
而且绝对用私款
你的诊所收益支付了你最后的旅行
北京是你的四弟　石家庄是我的大伯

消渴症让你出门总不忘记带水
小青妹挎的军用水壶让安检门呜呜直叫
你儿媳小何没忘记合影留念
你像这样笑得很舒心的时候并不多
清明给你烧的手机应该收到了吧
老妈说你在冥国钱应该是够了
与你吵了一辈子的母亲
烦了你一生的糟糠之妻
为了伺候你的中风而累得中风的退休护士
总会跛着脚跑到你的寝地
告诉你在那边不能再天天为钱伤脑筋
这个手机可以收发短信
只是不知道你是否会那些键盘的输入法
我只能保存着你的人间来信
写不出你那么隽秀的字

你是一位把处方写得有美感的医生

总是为所有的事情同我老妈吵

让我们姊妹脸面丢尽

没有趾高气扬的资本只能夹着尾巴做人

你没有抛弃这个家庭

让嗲嗲* 跟我们过在一起直到你远行而去

你不自卑却为我自夸

相信自己的后裔

高考后你是唯一鼓励我读师范的人

你最恶官人不喜商人羡慕文人

你的提问是做教书先生有什么不好

---

* 嗲嗲就是外婆，她亲生尽夭，母亲是她的养女，把我们姊妹仨视为亲外孙，一生孤苦。我为她敬撰的碑联 —— 一生辛苦莫问福禄，百世平安唯求慈悲 —— 是她平生写照。

你很早就认识了你的儿子
你徒步来到人民医院
看看我这个被产钳夹到世界的怪物
毫不怀疑你的种能够成人且可以自食其力
转身就回到了五十里外的单位
因此我无须再问什么时候认识了你这样的问题
我们共有的夏天你带我们泅渡道水
骑在你的脖子上我的手发现了你前额高凸
后来才懂血缘里你留下的还不算太坏
你们在太浮山下谋生时把我们留在城关
跟哆哆落一个城镇户口还有快乐无限的道水
那个夏天你让母亲生下小青妹
看着蚊帐里母亲头边那一团粉嫩的睡脸
你说给了我一个妹妹导致我说不出的惊讶
此前母亲给我看她手臂上的血淤

你的暴力让我多么不爽我却不能恨你
你不爱母亲
却为我们一家人而忍受
你把床下的桐油当作改善伙食的调料
全家又吐又泻
痛并快乐
我依然找不着认识你的时刻
你的朋友老爱揪我腮上的肉
阴险地问爸妈晚上是不是睡在一头
我开始感受世界的恶毒以及我们的关系
在你和母亲工作的院内
无花果树结出芳香扑鼻的果实
我记住了奶糕味的无花果 没记住你
你的旧照告诉我你貌如其名
端庄英俊算得上美男子

直到漫长的日子让它变得发黄
连镜框也被母亲摔碎
我感到所有人的绝望和幸运
你们永远战斗直到你伤兵一般坐上轮椅
你的对手成为你最后的仆人
像最初你妈妈那样一口一口地喂你
你的幸福源于你的坚持
你总说起要是没有我们几姊妹
活得一点意义也没有
你很明白生活首先是盛在饭碗里
镇子上新开的汤包店子不错
又像一个十足的知识分子
让我知道世上有十万个为什么
如果不是这个卑琐的家庭
你会是一个真正的绅士还是自由主义者呢

实际上你的病榻余生始于你的私人诊所
听诊器伴你终身
先是你拿来听别人后是别人拿来听你
你与其他男人一样而不惑而知天命而耳顺
乐趣不过一杯寻常的茶一根平淡的烟
我初为人父还真不知道天高地厚
那时你就说过什么都是浮云
在学语录念社论看革命京戏唱红歌的群众之中
你读过《悲惨世界》
这是你鼓励我学汉语的唯一成果
你被组织抛弃的那段日子
家里不到二十平方米的空间收留了你
你只能像中文系的旁听生一样读书打发时光
你发现你让我读过第一本书被我珍藏
一个没钱读书的猪倌让人为所有的穷孩子而哭

你让我为受到的羞辱而趴在课桌上大哭
一九七八年年关大雪过膝
我成了一个十足的不肖之子
几十里山路与民民弟一路撒野
把你当作不洁之人而远远地躲避你
年年回沔泗洼老家过年的艰苦旅途上
你讲《西游记》却发现没有听众
直到以后通了班车
我们就不再要你改编的《西游记》解乏了
直到你中风失语
你的声带制作出一串串奇异的音响
把一家人的幸福吹得七零八落
我几乎就是彻头彻尾的混蛋
回家时为你搞出的异味皱眉头
听到我要去过出国的瘾　你的泪落下来

喃喃呜呜你哭得像个孩子

你从病榻起身又躺回载你漂向彼岸的船

夜里醒来你想到一些什么

伴你一生的我的老妈正躺在医院的另一张病榻上

你因此绝望而深感大限即至

你说过老大你放心　老二凑合过

只是女孩自小娇惯婚姻不顺　不知今后如何

你醒来只能看看自家的天花板

你的终身成就是为全家造了这么一个窝

你说到了共产主义也还是需要医生

到了共产主义人也会死

我在你面前扮什么成功男人是何等愚不可及

最后三十天你享受最后的孤独

或想到那夜公社的总机转给你民民弟溺水的消息

或想到我在一场龙卷风中生死不明

或想到至今我们都在好生生地活
在一个与我毫不相干的地方
我听见谁在电话里告诉我你的远行
我感到斯时斯界永远无法猜度
但可以认识的人是你

航班正点到达
我再看看胖子发给我的手机短信
老爸节日快乐
我给你买个父亲节蛋糕
然后自己干掉

恶　人

蒙班老大喜欢刷人耳巴
喊弟弟们跪着　露出害怕的样子
邻居屠狗剖青蛙都很利索
一天傍晚　被菜刀断了性命

北方土匪爱好绑票
好说话　交钱就走人
邵阳这边善于抽脚筋
千万不能冒犯了人家兄弟

人贩子南北通吃
婴儿塞进编织袋　等着卖个好价钱
美女偏爱人家的老公
哄着王婆　给不识相的来碗砒霜

僵尸咬住人的颈动脉

一脸柔情似水　血湖血海

母语新增了相关词条

如拆迁矿主联防队员校车和城管

万千麻雀云集在青山桥这个地方

把一棵樟树认作家乡和天堂

风高月黑的下半夜　被谁一网罩尽

让人很想见识见识这个被记录下来的恶棍

鸟

大雁　母语的笔画
又久又远的云中信
正当忘记什么的年龄
我的童年给我寄来了东西
燕子　叽叽喳喳的女同学
让春天差池其羽
我听见管风琴从公路尽头远远传来
她们在电话线上站成音符
在我的故事中　八哥属于肉食者
一些小聪明浮在本能的表面
我们都不爱读书
我们都没学会对方的话
在另一本书里　鸽子叫白茹
所有男生的白日梦
每天在我窗前飞去飞来

消逝在某个风雨如晦的早晨
后来长大　对这些同桌一样的小东西
开始不怀好意　拿父亲的气枪
瞄准树丛里的斑鸠
或追捕　一只受伤的山雀
那个暑假我总在山顶的榆钱树上迎风招摇
畏惧于松涛如雷　（如闻神谕）
终于打消了对一窝鹊巢的坏念头
后来读书　始知道
鹧鸪为唐　画眉乃宋
一九七〇年玩蛇的戏班来到镇上
见识似禽似兽
鹏鸟即猫头鹰　另类如当代
后来学会了矫情　便怀想
落于祖上坟头的乌鸦

午后的翠鸟与我相守同一片钓荫

白鹭独立于故乡的初夏

至于某年关　旅途万籁俱寂

遇见一汪寂静的水面

一只野鸭子　我不知鸟与人孰孤独

认识的鸟中　尚未提及的麻雀

正在我家阳台下扑闪争食呢

这城市的　我们孩子们的　唯一的鸟儿

她　们

她们　与大家一样
走在初晴的街上
像比肩牵手的姊妹
从目光里　发现阳光的柔美
从发梢上　判断风的方向

我　在她们对面
因天气而愉快
感受开始变暖的季候
从孩子的笑容　记忆妈妈的春天
从妈妈的笑容　想象孩子的夏天

初晴小赋

在漫长的睡眠里
似乎作过不再醒来的准备
不是占星家的小噱头
二〇一二年　每天都哭丧着脸
季节怎么也不醒来
天界小便失禁
黏糊糊　发梢总沾着失血的脸
白日梦一天天腐朽　爱情发霉
满街的裤脚被积水弄湿
充满金属的潮腥
市面上的事都让冷雨打蔫在地上
搞得操盘手也担心光合作用
诗人亦欲说说稼穑
这一场打磨耐性的游戏
变节成为守望

无神论者恐惧末日
所有不安分的都打起了寒噤
在春天里　持续冬眠
老老实实地等待

直到今晨　梦境温暖
生疏的太阳进入我的鼻息
我大喷一嚏　任阳光直灌全身
得知这场守候的通知
如于坚说的　春天归来

为秋天造句

秋天时至　为这句话

我抄袭庄子并假设他的滚滚大水

而故乡的河　繁荣早已褪尽

唯下水道在城市川流不息

脂溢型头顶　草木摇落

南方的山峦　依旧植被葳蕤

在好风和煦的窗口

我预测一场冷雨　不期而至

阳光一天天凉下来

像爱的温度　渐渐被人接受

让人想起远方的另一个人

对拥抱的恋人　投以微笑

把每个当下都作过往

正如飘零的不仅仅是那些落叶

被他们讥为怀旧的一堆陈谷子烂芝麻

都搭在末班车上　一道
赶往雪峰山深处的娜溪
在那里　我望见今年秋天无比真实的月亮
在鸟惊虫鸣的窗口　我想
秋天　确乎是我们的季节

签名档及其签名者

笑看花开花落　漫随云卷云舒

不读诗的行政官员

不要把任何人当成是你的全部

小孩或者老人

世上万物万事都不会永恒　繁华落尽　梦入禅声

活力四射的教师

爱是恒久忍耐又有恩慈

极端感性的企业管理者　读《圣经》

君若相邀　此生跟随　君若不离　我定不弃

出得江湖入得庙堂的博士

眼戴抛弃式隐形眼镜　身穿抛弃式纸衣　手拿抛弃式杯
接受你倒给我的香槟或毒药　我无所谓
因为身为抛弃式恋人的我　爱过即丢
小公务员　珍惜职业　爱情　家庭
标准化的妻子

在仲夏写一则关于今年春天的笔记

一切如故
青春　长存抱柱信
如约而至
五十年来容颜依然
先不期而至后结伴而行
与初次相逢别无异样
我们谢顶　眼花　注意力不专
为初恋流泪
在某个傍晚患抑郁症
却不影响她
钟摆一样　按时去而复回
这神的踪影
提醒我们　大家都会老去
只有上帝自己永远不会
为时间焦虑

历史只在人间存在
造物主的青春却是一个常量
以她的不变应人间万变
黑丝袜可作为不服输的宣言
白发却是高举的降旗
但她　向你开放最初的花蕊
草色遥看近却无
诗人张若虚如此幸运
他写的春天一个字也不能动
任你缘愁似个长
见得雨中樟树洒下落叶生出新叶
燕草秦桑　人面桃花
听得猫鸣如潮水滚过屋面
在所有怀春者的梦季
谁也无法淡定　包括我

不认识一种叫三叶草的草

悔少年不读普鲁斯特和兰波

回忆不起　四十年前

春天白雾弥漫于途

地头快要长出带刺的黄瓜

豆荚青涩如当季

三十年前始知　春天的月亮

不仅仅是一轮月亮

或者于二十年前河的西岸

发现某一棵随风而舞的柳树

终于消失于一段人造风景

十年后每天面对

白水明田外　碧峰出山后

这幅行书写的春天

间或染上落日的余晖

直到今岁　自己随着什么而温暖

裙裾在街上拼命开放

电影院坐进去青春期的恋人

此刻　或比别人更能嗅出空气中

弥漫的花香

当空气变得越来越潮热

南方的经验告诉我们

花季到　苦夏亦即光临

遗　忘

母亲的生辰和父亲的忌日

故乡置县的朝代

履带拖拉机恐惧症的由来

启蒙老师的发型

红小兵履历

某女同学的初婚纪念日

鸟兽草木之名

回故乡之路

冬天捂过我脚的双手

子弹从头上飞过的那个早晨

那些初次

老狐狸出现的露天电影

法院门口最引人入胜的一幅布告

河滩执行过的死刑

猥亵的普通话读音

谁被杀谁自杀

对反标的恐惧

体育老师的生活作风问题

背过的政治题

抑郁症和斯德哥尔摩症候群

北京鲍翅的单价

东莞的九十年代

崔健是谁

昨天

一个被酒精烧坏了的脑袋把以上忘得干干净净

职　业

你可以说
职业经理人
职业叫花子
职业盗墓贼
职业军人
职业明星
职业革命家
职业主持人
职业饲养员
职业妈咪
职业骗子
职业守灵客
职业城管队员和网络评论员

但你绝不能说

职业诗人

职业名士

职业先知

职业圣徒

职业苦行僧和殉道者

属神的事业绝不能妄说

膑　刑

宝庆府一带流传

抽脚筋　这一言行

不用断足或磕碎膝盖骨

就足以让谁下跪

实际上　湘中黑社会这一招

功夫还是不够

在宝庆府相邻之不远某处

尤擅抽脑筋

人们自此下跪　只会膝行

猪 圈

猪们只结识饲养员

猪们不晓得屠夫

猪们视猪圈为乐土

猪们不晓得结识屠夫的日子

就是它们从乐土到天国的日子

逃港者

在北站附近街区
常遇见一位美丽女士
她倚杖来往的姿态
御风而行
当风吹起她的另一面
空空的裤管
总会让人想起关于她
那些如花少女扒铁路货车
向往香港的故事

七月二十六日傍晚

曾经忘记许多夏天
池塘涨水　睡莲即将入睡
空气弥漫太阳的香味
让人在意　一些忽略过的事情
不止在午间怀旧
保留些许过往　并因此而惆怅
那些最好的人　远行久矣
柳树作风中之舞　午后传来蝉声
河中鱼在故乡　皆若空游无所依
地上的父亲和我的盲外婆　早已无缘夏天
天色如蓝兮胜似蓝之本我
惠风和畅　友人所赠
书体那样优美　散尽人间忧伤
斯时此刻　惟从天上的现实间感受惊奇
这处子般洁净的云朵　而想起

有谁与我共仰天际　而见着

透过云石般云朵的洁净的光　而晓得

天上的父说过　地要发生青草

和结种子的菜蔬　并结果子的树木

各从其类　果子都包着核

这时　我们看见从未看见的天色

要有光　就有了光

某个黄昏

秋天　只能在诗句里
遥想青春作伴
相信现实的虚妄　相信蒙田
的话　没有现在
它只是未来和过去的纽扣
逝去是唯一的现在
一如每个黄昏　都是由每个早晨构成
已故的外祖母　曾是
早晨的采薇女子
早生华发　是已故的现实
除非我　在某个黄昏
看谁于灯影中　伫立如一棵树
完全静止　时间也凝固
心跳和呼吸全无
死一般的爱情才算是爱情

致孚春

那时我等聒噪如蛙
只有你　澧县人静如处子
把坏脾气剔给我们用　把书卷气留给自己
澧阳平原宽阔无边　津市如钱塘繁华
白马湖边你仍然静如浮萍
那时我们没有说上超过三句话
你静如处子　静如白马湖边的浮萍
我一直想象你只读王维
直到张植忠提醒我　杯莫停的上一句
武陵上酱　你且要大家将进酒
原来你不是处士
不是姑射之山的御风超人
呵呵　饮者　都喜欢李白
只不过　岁月里你依然温润如玉　谦谦君子

碎　片

无一例外，都将在时间里如此这般。

—— 题记

一

最远的梦　在黑暗深处
火车驰过隧道
攀上　最后的车厢
像一片羽毛依附着　漂移
数十年后　得以应验
在一个遍地火车的城市
活着　老去

二

最美的平面绝非圆形

时尚绝非另类　外婆的

圆凳　能够证明

自带课桌上幼儿园时

和小朋友们一样用方凳写字

是我的愿望　但外婆家

只有圆凳　所以

我的理想　实现不了

三

班主任十八岁　有雀斑

管不住男生　喊她

小老师　称呼里体现出

那么一点小小的　邪恶

以及　别的班级所缺乏的

自由元素

甚至于　幸福

四

多数同学都讨厌　语文

反感　用一种方式

连班会也不放过　总是

让漂亮女生朗读　报纸

剪下来的消息　通讯　社论

导致回忆那位老师的　诗歌

干巴巴的　活像　公文

五

母校　曾经称作

共产主义劳动大学

写作班　相当于中文系

赤医班　相当于临床医学系

农机班　机械工程学院

可以开手扶拖拉机

农作班　农田和植物保护专业

地位至今未变

一个读财会的　后来

当上了 CEO（首席执行官）　迷恋过

艺体班的女生们　好像

芙蓉姐姐或超级女声那样的

明星　也没有出过一个

六

身后　有异样的情形
千万不要回头　否则
就会像那个夏天的下午
一具　被四个男人提着的
水肿的　灰白的　淋淋
耷拉着一头淤泥的　女尸
那个住在单位对面　经常梦游的
精神病患者　仰着面孔
在美丽的夕阳和街道中间
追逐并骇坏了一个　胆小鬼

七

一直想用以下素材　写个小说
他冲上讲台　把讲义　三角板
和新来的几何老师　一气拂出
教室被弄出从来没有的安静
邻座女生的呼吸　也可以听见
老师的喉结　咕咕作响
后来　这位天生的反抗者
成了另类商人　在列车上
拎了一袋婴儿　被乘警盘问
他指着鼓动的旅行袋　答道
民警同志　里面是　猪仔

八

万人大会　死刑执行现场

印象最深　即所谓

刺激最强烈的　犯人

倒在河滩　枪口汩血

被扒下裤子　身体

让到现场受教育的男生们

拿了树棍　拨弄

九

歌咏比赛　舞台上只剩下
班主任一个
东招招手西招招手　急得
冒汗　同学们怎么跑啊
来唱啊　来唱啊
合肥工大外语系下放的文老师
指挥了　最了不起的　合唱

十

如果　没有一湾小河
对岸不见一片桑林
河水不是清且涟漪
不能够脱下内裤　举过头顶
蹚过去　采不到　桑枣
不够肥硕和清一色紫墨
不能使人忘却　世界
所有的水果　那样的夏天
就　没有什么说头

十一

有希望当作家的只有两个
一个　读过苏联小说《角落》
一个　能背唐诗唱王洛宾的歌
大家都崇拜张抗抗　时刻准备着
在广阔天地　写出《分界线》
甚至比它还要好的书
结果大家都没有去成　知青点
一个　考了武大生物系
一个　到华师读中文
前者缔造了长沙大丰和
后者写得一手好材料　进了机关
大家都当了　正处级干部
从来不屑于　公社食堂这类土菜店子
都知道该去哪里　喝酒

十二

走近　蒋家庄园

教导主任用铁皮喇叭　喊道

同学们　这座桥　解放前

贫下中农　是不准过嘀

今天我们理直气壮地　过

于是　队伍迤逦而过

进入丁玲家的院子

听她家的长工或者女佣　诉苦

十三

在北京　中裕酒店

考清华的谭湘宁　聊起

学农及其相关的事物

包括　一份类似《挺进报》的

非正式出版物　让我们

作了最早的传媒工作者

免于农作之苦　炫耀

能力优越感　并准确解释

刻钢板　这优美手工的定义

十四

我和外婆一起　被

寂静和黑暗包裹的那些夜晚

在一些　无法亲历的

冥想中　总是听到

仰面而视的深处　那些鼠辈的

队伍　从古战场或原始草原

隆隆驰过　让人激动并担心

用芦席编制的天花板　是否

被一队队打来打去的军阀

弄得　塌了下来

十五

渔人姓张名字不详

赤身闪闪发亮在堰里

像一条乌色鱤鱼

放牧鱼群　做老大

水藻一样深藏不露

一般看不见他摇曳的样子

这鸬鹚　一现身

必有花儿一样的鱼类

摇头摆尾　露出水面开放

十六

望儿是幸福院最幸福的人
皮肤和四季棉袄
都被吃得油光闪亮
望儿是一天到晚笑嘻嘻的人
大智若愚　守身如玉
望儿的缺点是罗圈腿
常年被老妈揣在牌桌上
得过小儿麻痹症
这不妨碍大家对他的敬重
都知道蒋家的后人　不吃剩饭
这个胖乎乎的乐观主义者
是望族留在镇上　最后的证据

十七

流浪者　总在过往之途

流露出哲学家和诗人的表情

扒开池塘的八哥草饮水

宿道旁公厕

反复表达非暴力倾向

平静　几乎像一个公证人

那时我们跟大家一样

散步　谈婚论嫁

遇见他时在心里叫他　大仙

后来我们跟大家一样

散步　生儿育女

再也没有见过那个苦行僧

速　写

一

晴朗的一天　我发现
风　从湘江下游吹来
我像风向标一样　愉快
面对　一棵　不远的柳树
长发飘飘　与风追逐　一只
毛色灰白的狗　于河堤之上
静立　由风遮住眼睑　与我
一道　被风梳理时　感受
阳光的温和　湘江的安静

对岸的发电厂　屋面
与天空一个颜色
吐出　云一样的气体

二

人们站在钢管脚手架上
给两岸敷上坚固的混凝土
打造世上最大的　下水道

某些城市建设者
以堆砌运河的气魄和方式
把湘江装扮成　排水沟

三

我生活的城市　不宜
人类居住　并深感它
具有　强烈的暴力倾向
我是说　如果
没有　湘江
这道　水的锁链
将一个伪工业化的重刑犯
紧紧缚住　的话

四

南方的夏天
还有传说的湖水中
美丽的蓝藻
让我们的大地
绿得像绿色本身

我愉快地看着　湘江
这一川浑黄的水
颜色　是那样迷人

五

在京珠公路大石桥　望见
不远的楼群在雨后生长
夏天的湘江　从城市豁口滑过
静若处子　连每一艘挖沙船
都像夕阳下的剪纸
余晖脉脉　心情如水
这样的河流　这样的傍晚和宁静
在岸边的墓地下　淌过

六

几条小鲫鱼

被投入一川浊水时

应听说

相濡以沫不若相忘于江湖

这想法　源于

湘江发水和诗人庄子

七

湘江泛滥

恋爱中的女人或愤怒的男人

大约

就是这个样子

八

江流直下时

想不起

谁

在水一方

九

连日淫雨
瘦过的湘江
见得　丰腴了一些
季节里　没有一点
冷落清秋的
味道

十

此刻　只见到
霓虹灯　给一川浊水
涂脂抹粉
但　不妨幻想
唐朝的春天　月亮
落在水里
滟滟随波千万里
这样的情形

十一

诗意的源头

关乎一个成功男人

和他的女人们

一个名娥皇　一个叫女英

故事有关于君王

无关乎爱情

如这河流

关乎城市　无关风景

十二

欲把湘水比湘女
是湘人的风景

五座桥
算五枚发夹
人造风光
略似涂脂扑粉植睫丰胸做眼皮
在冬天
说她干了　她没水
远处那道废墟
曾是工业厂房　又交给地产商
混凝土沿岸涌动
城市的屁股　越发靠近

欲把西湖比西子
这些个比喻　实在不堪

十三

与杨克晓贤折勒上了一条铁壳船

白炽灯映在　桌子上

鲜鱼汤热气腾腾

听船东说

他的船来自上游

衡阳之南　潇湘之浦

给　你

一

温柔汇成河流
在找入海口的路
在笑声里打出浪花
在源头就溺死了我

这时候谁都会摇摇欲坠
只有眼睫上的褐色痣
像一匹伏着的小小甲虫
在水中苇草上坚定不移

有人曾经假设
火焰在水底燃烧
如水的双臂
像火那样缠住呼吸

在淹没我的河底

只剩下一棵苇草的安宁

这时候我的鱼沉默着

在水藻间游来又游去

二

在冬天看见天空的蓝
就知道在另一片海洋上
我的身体就是一艘捕鲸船
顽固地追捕一匹白色的海兽
我知道我的譬喻源于一本书
我的鱼叫莫比·迪克
狡猾地引着我的灵魂
像一支飞行的标枪那样出窍
去追逐那又邪恶又美丽的出没
我知道打翻舢船的不是海浪
海上什么都可怀疑
就是不能对存在作伪证
那头白鲸可以吞下一整条船
甚至可以吞掉整个冬天

三

一次反季节的实验
把声音变成日照
把味道变成雨水
把身子变成一块地
把大家好好栽种下去
指望从种豆得豆的歌谣中
弄出一些种豆得瓜的诗意

在戴面罩的季节里
的确有很多办法
让我们噼里啪啦疯长
只是这情形不那么可靠
豆荚炸开之后
只采摘到一颗泪水

四

在岁末　感到一年
就要过去的早晨　想到
霍金这位可敬的智者
他就像一位诗人　说
时间能够放大
以孩子的经验而言
在放大镜下　火柴
放出太阳的光芒
我仅有这些见识
不敢虚构　时间
这位适宜于做情人的明星
在霍金说的黑洞里
被谁来好好地受用
苦孩子当时的快乐　已经
被现在的某种怀疑代替

我宁可相信　时间

已经在冬天冻成一团

如果它真的可以拉伸

那一年里为何没有　陪着

去吃一次兰州拉面

五

火车向我开来
它是每天都跑在太阳和夜空下的一列
正驶向某个目的地
从一个城市到另一个城市
从一天到另一天
不久　会途经而抵达这里
让我深信它
会在一个昼夜之间到来
它在白天和星星下蜿蜒蛇行的情形
让我闭上眼睛　随着它流动
像从旱地吹到水田的风
从已知到未知
这时它正驶入南方的夜
游移的窗灯迤逦在我的黑暗

在每天很多奔跑的火车中

就这一列有意义

六

传说的漂流瓶

在那流浪的瓶子里

有一封可能永远不会收到的信

而多数故事

是把大雁作为信使

传达遥远而残酷的需要

让天空又古典又诗意

还记得　一部法国电影

美丽的女主角

始终用写信这种形式

寻找爱人的身体或亡灵

又回忆起一些失去的日子

对一个人每天写一封信

是每一天的梦

七

泪水

突然狂奔

像孩子

有理由地摆脱

谁的追逐

在路上

跑个不休

在风中

簌簌作响

我不想拽住

这个

甜蜜的忧伤的

跑出家门的

孩子

我听到叶蓓在唱

亲爱的别哭

八

在这里　下雪的事

和一个比喻一样　想想就有

我感到不那么粗糙的皮肤

像雪后　原野尽头

冬天表面　丛林深处

在接受逗留或逡巡

是旅客

亦可能是　一个归人

他们都有可能

把痕迹　留于

走过的地带

这些感觉　足以令人忘记

谁写的　纯白而不定的罗网里

屋宇和街道　静坐的饮者

九

突然产生说的愿望
按下　想要拨出的号码
在等待接通的过程中
看着窗外　天气晴好
阳光　落在路人的表情上
南方的暖冬　车行如织
我等待着　有点按捺不住
看到　不远处一面风筝　在放飞
比天空显得更蓝一些
没有谁　注意到她的孤独
这让我关注一种结果　而非
此时的忙音　阻止着谁
冲着这个时刻而来
过去挂机　现在无人接听
我只能这样　继续等待

夕阳渐渐西下　路上遍是
归人　在暮色的追赶之下
行色匆匆　让人感到
夜幕的压力　将要来临
并覆盖我的等待
在年度末日　最终
或许　能够完成　接通什么的努力

十

我想起一个人

叫夸父

饮于河渭　北饮大泽

每天随太阳走到傍晚

余晖脉脉

落在回家的河面

那一年

晚霞里的背影

都从每个早晨上路

橘黄色的阳光照着这段课文

未至　弃其杖

邓林弥广数千里焉

我想起一个名字

十一

我没去过鼓浪屿

知道一些别人知道的

屿　从山與声

水中的陆地

惊涛拍岸弄出很大响动

多钟鸣鼎食之家

多琴音

多游人遥望海峡

多一怀愁绪

想象多树

有古老榕树的浓荫

记得一首歌唱过那里的海浪

流行于二十世纪

现在知道

那里适于闲逛

可能与一只猫儿邂逅

老宅子不二价

供怀旧的人　幻想点什么

品茗或啜咖啡

知道的　写在一张明信上

盖了邮戳

在别处

加拿大大雪

雪落在埃德蒙顿　这
根本不能称为一个事件
像我们湖南　五月为雨季
忽如一夜春风来
如花似锦的唐诗　足以形容
一群蝗虫　一群同义词
一群非暴力倾向的木马程序
面对这声势浩大的群众运动
只能放弃关于冬天的全部经验
譬如　森林和旷野
从天际传来的管风琴演奏
再如　薄雪掩映的稻田
村庄升起炊烟　鸡鸣于埘
从没见过这种有预谋的行动
别无选择　随城市变成蚕蛹

后果并不算坏

不像蒲宁的马具匠

他的儿子　像一条鲑鱼

活活被冬天鲸吞掉

冰瀑

像挂在玛琳峡谷的鼻涕　这个比方
显然不够道德　严重违背朗加奴斯的定义
关于崇高　以这里的经验
它几乎可以无处不在
像涅赫留朵夫　雷锋
少年刘文学　生意人盖茨
崇高是多么地来之不易
但相对多数俗人来说　奋不顾身
应该是抄崇高的一个近道
一条奋不顾身的河流　就是这样
以凝固的接近无限慢放的形式
让大家记住并且纪念

不学英语的结果

Jasper译作贾(或嘉)士伯
浪漫一点是佳仕泊
在镇上晃悠了好一阵
知道了它与那个啤酒无关

总算认得两块店牌
一个Mcdonald’s
一个Esoo
在麦当劳晃悠了好一阵
还是去了埃索

埃索加油站也卖面包
而且还热乎
服务女生递面包时
使劲告诉它的Hot

（女生的手势好像受惊的蝴蝶）

由此想到另外的
Hot girl
一个另类商品
一个不怀好意的品牌
（女生的眼光好像蓝色的湖泊）

看见一只海鸥在阳台上

一只海鸥在旅店的阳台歪着头看人

小小目光很有些温情脉脉的成分

写这个并非证明谁有童心

小布尔乔亚　或准备为赋新词

那个时候赖在床上不愿起来

是被城市的风景搞得很不好受

只急着回去　看望死去的父亲

这个时候　一只鸟与人面对

显示出鲜明的孤独和温柔这些抒情性质

怎么说呢

应该可以对她流泪

后来才知道　海鸥的人性

始于我们乱丢垃圾的坏习惯

我的意思　谁去了温哥华

就向阳台丢哪怕半片面包试试

楼宇间一群一群飞行物

那些叫声贪婪饮食不洁的蠢货

随时都可以制造一起审美的意外事故

划破脊背的阳光

从来没有这样晒晒皮肤　在海滩
太阳　与河床龟裂与禾苗枯焦
与祖国与我的火炉般的城市　脱离了
关系　在人家的海岸　它用针
缝上我的眼睛　让我认为
这是一本不想叫人阅读的书　只能
想象它　像风中的树叶
一片一片地　落在遥远的海上
实际情形　所有的光　都已粉碎
成为尖锐和温柔的沙　掩埋着
陌生女人　和她需要黑的胸脯
我无助而埋下头来　感到它
像刀锋一样　掠过我　光滑的头顶
从病的颈椎　徐徐而下　直达脊背
在这被凌迟的当口　我头晕目眩
根本就望不见　那需要黑的女人

最后，只与一只苍蝇有关

面对隆成弧形的海平面　我相信
我成了伟大风景的一部分　在悬崖上
我不得不　站得更加崇高一些
因南太平洋　而开始考虑一些博大精深的问题
从混黑的海面　发现一些
深邃的思想或者壮阔的美
甚至想背诵　面朝大海春暖花开
这样的不朽诗句　这使我
羞愧于某时的低级趣味
而不知什么原因　一群本地苍蝇
死活缠上了我　其中之一
紧紧粘住我的眼睑　我不得不
伸出手来　断开它与我的关系
就这么一巴掌　世界上最大的海　被拍得烟消云散
但听到我的颅内　嗡嗡作响

看见浴缸里有一丝长发

在 Vibe 酒店我刚进房间　就看见
有一根发丝　落在浴缸上
我想想　这根头发一定不是我的
我很早谢顶　非常羡慕有那么柔韧的长发
在雪白的浴缸和灯光里　我很想明白
这好看的曲线　半透明的暗红
和一种偶然所带来的一些什么
我想想　这根头发也不是我的女人的
不知道谁会在这苍白的空间里
逡巡停留　寻找
熟悉或不熟悉　不满足或满足
在此刻的平静里　我感觉到
这根头发　漂移的愿望
不易察觉的翕动　比我的内心
还要丰富　还要陌生

我听见自己的呼吸　想办点什么事情
拧开莲蓬　这优雅的线状物
耷拉了一下　很快在积水中展开
终于　她在水面蛇行起来
一下钻进地漏　再也没有被看见

伪植物学笔记

楝树　香椿　贝壳杉　蒲葵　南洋杉　金合欢
红胶木　哈克木　木麻　香樱桃　苏铁
杜鹃　白藤　铁线莲　茉莉　菝葜　刺树叶
罗汉松　露兜树　榕树　蚌壳蕨
从这些丛林名片中　我几乎找不到
太多熟悉的名字（因而我恨我
接受过的教育）　我只知道
每一片树叶上　雨水都叫雨水
我只能用植物一个词　统一
它们的命名　除非出现例外
如一株无花果树　因为它弄死过别的树
我称之为　树类杀手或剥削阶级树
我还将一棵根系巨大不知节制的兰花
叫作梦回唐朝　或相扑手兰
我的凯恩斯雨林笔记中　最有价值的

是某位苏格兰还是英格兰探险者
用蝥刺树的叶子揩了屁股　导致
那个部位　滥疼了半年
但结果是治好了　痔疮
这让人注意到蝥刺树的心形叶子
它的形状　使我们知道了
某些温柔事物的危险性　或相反
不妨顺口喊它蛇蝎甜心　或痛并快乐树
当然　这些说法有点俗
使人想起超女　或某些电视主持人

收割机旁的乌鸦和白鹭

夏末阳光灿烂禾稼低垂
我二伯年过七旬而精神矍铄
面对成熟的稻谷鞠躬尽瘁
他想再这么收割一次权作谢幕

这时我坐车跑向郊外
好风和煦稻谷那样成熟
与南方故乡的风物无二
阳光温和　禾稼茁壮
我想回去向我二伯报告异乡见闻
一个叫丰田的地方
收割机行驶在富饶的田园上
乌鸦跳跃　白鹭肃立

富士山上

富士山腰
一场巨大燃烧事故现场
黑乎乎的火山遗物
作黑髭莽汉状

有关明眸皓齿素纱丽人的想象
被浩大凛冽的山风
吹到了天上

东京之窗

在东京第一大饭店等电梯时
有个胖倭人掩鼻而过
这让我站在房间面对城市若有所思
此时的东京就如此时的黑夜
只有黑夜本身才能吞噬
无边无涯的万家灯火
还有我细如萤火的目光
面对东京我想写下什么
在走不出去的夜里我心存感激
永远不知道谁是谁把面容藏在黑夜
这庞大无极的都市怎么知道
我熹微如尘的眼睛
从一间酒店客房的窗口
无趣地打望而不怀任何心思

科罗拉多大峡谷

河谷南岸　叫老鹰崖的地段
伸出半圈挑台式样的桥
据当地印第安酋长说　走走
能听到玻璃破裂的声音　在千米之上
总不敢上这因为玻璃而透明的桥面
也许　因为血压还是心脏的关系
但如果不需要买门票的话
该死的恐高症　也许可以克服
这时　我了解到自己骨子里的吝啬
可以为区区三十块美金　而放弃
一处伟大的风景　而失望于
经验比胆子破碎得更快
他国河山　意外得很
比祖国还卖得更贵一点

为大自然买票　在合众国

就这一处了　这儿印第安人说了算

买票就买票吧　说服大胖子酋长表态

应该不是一件容易的事

为此　向我的同胞致敬

向一位导游出身的企业家致敬

向那位说服了印第安酋长的华人大佬致敬

迷路

普林斯顿镇上
在那些石头屋宇之间
很容易被视为迷路的人
那些知识分子
用眼神发现你的眼神
在找要找的路
把笑容留在我的背后
直到最终走失
在一片茂密的树林
或见暮色下河水潺潺
徐徐而至的车辆
有女同车　颜如舜华
驶向要去的地方
不知道　载我者谁
那位美丽健硕的非裔女士
肤质如绸缎

另一种军容

世上最牛海军的一支

在圣迭戈军港搞什么活动

退役航母的下边

水色浑绿海鸥近距离飞行

游客们在胜利之吻下拍照

我用单反见识最牛海军的这个仪式

老军人前排

家眷次之

长官坐第三

军士们立于后

奏乐列队授衔军官登场领导讲话

豆色军服和围观的人群在镜框里打成一片

有黄皮肤军官随众上台疑似同胞

让他的黄皮肤老婆别军衔章

被随军的美女记者挡住了

特写没能拍成

而且我的肩被谁拍了一下

拍我的这大汉疑似便衣

生着坚硬的络腮胡子表情友善

柏林

意志的象征　出产

小麦和燕麦　思想和主义

地理和历史必考的地方

理想人格和完美人格的宜居地

女人骨骼很大

男人很规矩　乖乖地喝咖啡

政治家固化为雕像

挨过炸弹　与哲学一样经典

与它的墙一样　不被忘记

这些　都是读来的故事

如果再到柏林

我只想在它的河里坐坐游船

看看形形色色的桥

看看岸上的孩子和姑娘

往捷克路上

过去

谁背得出这个名字 捷克斯洛伐克

谁的地理课就及格啦

现在　这名字掰成了两瓣

那个长长的老背不出的尾巴

给了别人

当我们老了只要两个字

地理课遥远的答案

一下就记住了

布拉格

它让我　在家乡醒来
读使徒保罗的信
在家乡祷告　它的半夜
变成家乡的上午
让我在黑夜起床
想去看看它的广场
变得有一些责任感了
如它　把一位大作家
变成甲虫
让我把一只大甲虫
变成坦克
把它的河岸
变成家乡的河岸
把它的时间
变成我的时间

大波希米亚旅馆

波希米亚风格
波希米亚人
波希米亚传统
这旅店以波希米亚命名
像纯音乐标题
显摆波希米亚艺术
这时　作家刘淼微信说
布拉格这地方
是你们文艺中年的朝圣地
这不禁让人风雅起来
去寻觅　纯正的
波希米亚餐馆及其酒肴

卡夫卡和昆德拉

有名的广场
有名的河
有名的桥
都必须被记住
卡夫卡的庙堂和它的钢制 K
就在那个方向
等人朝拜
而昆德拉
像告假的教授
我找不着他的教室

回来路上
卖偶像的橱窗前
好兵帅克
神气活现人模人样

像神一样离开布拉格

没人看你　没人看一样
突然出现的活物
河流远来　落照于桥
于楼上的风景和看风景的你
只可缓读之窗　适合爱情
散步之巷　抵制你的狂妄
时间只在杯中
忘却非分之想
老电车　来而复去
街市如故
逝者永远如斯
细雨从旧檐落下
阳光之下　并无新事
她的故事就是你的故事
而她历久弥新

像故乡　被惦记的人

某次害羞的事

树荫下　莲叶何田田

撕了封面的书　散场的电影

昔我往矣杨柳依依

而你　只能老而又老

一个不速之客　谁去看你

你无法像鸽子那样

落于教堂的尖顶之上

像女人　坐在夕阳里

打开手里的书

归去来兮　你忘了这是谁的诗

与折勒谈到上帝

一

我说折勒
在你不管与谁喝酒的时候
能够对着大家脱光了来
庸俗的身体
离开神也不太远了

二

我爱的不爱我

爱我的我又不爱

折勒对此评价道

神根本不乐意这个东西

人们总是要为神不乐意的

死去活来

三

从清水塘腊菜馆

打车回家的时候

折勒谈起电影《七宗罪》

像我们这样撑得脑满肠肥

算什么呢

有人打着饱嗝道

饕餮这两个字很难写

四

减了几天肥

足下生风身轻如燕

车攻感到靠近了神

折勒说就是就是

一下就可以

把爱人轻轻地

轻轻地抱起来

折勒说话时

正在划船器上练臂力

五

丁薇唱小的我

只能当小风景

丁薇内心

应当有所敬畏

折勒对此当然不会怀疑

折勒孤独时曾说

走

听听丁薇

六

对折勒说起《北越雪谱》

在日本北海道

鲑鱼们为了过冬

可以在雪地上跳跃

鱼能够跳跃

相信

一定有能跳跃的理由

七

我说折勒

还记得梅亚吗

还记得他写的光是神的女儿吗

就因为这个句子

想起了梅亚

我们一起在诗生活

灌水搬砖

那个比我们小的中年人

八

明天一定告诉折勒

本想在睡前下点决心

写一个长的

一口气试了三杆圆珠笔

鬼使神差

竟然没有一杆有水

既然没有谁叫我写什么鬼长诗

只好遵照神的指示

上床

九

博客和个人网页是怎么回事

折勒答基本一回事

想起乐趣园的车攻原创

多年来也没写哪怕一个字

知道了懒惰得可怕

但不知道会不会下地狱

所以玩不来博客

十

折勒你怎么没有小说

折勒答我玩不来虚的

的确

捏造事实的神会罚他

诗人折勒

天生不会捏造什么

神只好笑着读他的诗

十一

贵州山地

路旁都是灿烂的阔叶杨

阳光透过

可以看到

满眼都是上帝用的金币

十二

交大领导请客

竟有女同事意外相遇

自然要喝

但为酒量和兴致而犹豫时

她嘟噜了一句什么

我听作

看在上帝的份上

干了

十三

这几天
机器像是中了邪
文档也存不了还丢了一个
就抓过来一顿乱拍
像过去
家里彩电接触不良时
惯用的手段
我说折勒
上帝不会笑话车攻
因为
上帝只笑话聪明的人

附录

七年前的一句话和两首拙诗的『生产』

大约是二〇〇一年春，在与折勒坐一趟慢得像牛的直快过广西往云南的途中，折勒买到一本杨克主编的《中国新诗年鉴》，由此向我鼓吹汉语新诗。那时我就像患了抑郁症，对所有的事情都漫不经心，而且一直以为世上有两件事最是矫情、作伪和乏味，且为我们这样的过来男人所不齿，即色情和写诗。但这时的折勒就像个布道者，也不管我在不在听，津津乐道喋喋不休，诗江湖诗生活如此如此，伊沙韩东那般那般。他的虔敬，终于打垮了我不读当代诗作、不屑写作新诗的防线，让我在很多迷人新诗的糖衣炮弹之下身负重伤，乖乖然做了新诗的俘虏，被于坚、沈浩波、宋晓贤这帮新诗“集中营”的干部训过，洗了脑子。

我记起当时对折勒港过（湖南方言，说过）一句么子（湖南方言，什么）话。

说话时，我窝在昆明某个旅馆的床上，读过于坚的《在诗人的范围以外对一个雨点一生的观察》，沈浩波的《一把好乳》，宋晓贤的《一生》，内心跳动着写点什么的欲望！

对，当时我在猛翻折勒买的《中国新诗年鉴》，我说：“我们的诗作如果能被它选上，就行了！”

时　间

我看见从未看见的时间
这把剃刀的刀口
有一些寒意　或许温暖的光芒
不动声色　徐徐前行

沿每一寸表面
削除所有簇新的事物
包括　对某个女人的愿望
初春的早晨　阳光下的涟漪
内心的微笑　萌生的美
它随着谁的手指逡巡抚触
在日渐松弛的皮肤
风　嘘过不再生长的稻田
像谁的呼吸吹拂在脸上
轻轻刮去留在腮部的残根
这次全接触的后果
被同一个季节的诗歌视为
落木萧萧　悲风飒飒
让我想起洁白的油茶花瓣
飘零于南方的丘陵
淹没了那些熟悉的坟地
而它的刀锋　已游走到另外的表面
更是以不易察觉的方式
像蛛丝一样轻轻抹去

风吹草低时节　灵魂的黑暗深处
羊群一般洁白的欲念
这让我想到下雪天马上会到
它隐藏在昏黄的阴云之后
冬天的肤屑　纷纷扬扬落下来

诗中“落木萧萧　悲风飒飒”之灵感颇受古代文学大家的启发，比如：

屈原《九歌》：袅袅兮秋风，洞庭波兮落叶下。

宋玉《九辩》：悲哉秋之为气也，萧瑟兮草木摇落而变衰。

杜甫《登高》：无边落木萧萧下……

欧阳修《秋声赋》：夫秋，刑官也，于时为阴；又兵象也，于行为金，是谓天地之义气，常以肃杀而为心。天之于物，春生秋实，故其在乐也，商声主西方之音，夷则为七月之律。商，伤也；物既老而悲伤；夷，戮也；物过盛而当杀。

梦的雅朵

四月的光芒
落在故乡和丘陵
像结荚的菜地那样　成熟
照耀着墓地里的仪式和坟头呢喃的青草
找不着　一星两点
桃红李白
茂密的油茶林
只会在梦中　开满
一树一树的洁白花瓣
阳光那样清明
让人明白　春天　正在过去
没有什么能够留住　这个季节
在想象的松涛中　吹过
像　唤我的声音　越来越小
像　对面曾经落过雪的山冈
常绿的茶林　静静地
燃烧着　雪白的梦陀花

像　满山遍野　Mondialito

这将把什么埋葬的　歌声

以上两首拙作，还有折勒的《就像一只杯子》，被选入杨克先生2007年主编的《中国诗歌年鉴》。谨志。

苏曼殊的忧伤

——死亡进行时

国丧日，枯坐案前，印象里皆是劫后残墟中落花般少年的亡躯。人生的彻痛和无常，莫过于那些花儿一般的夭亡，由不得悲从中来，大恸不已，而无以言表。依稀记起早年背过的段落，“……一在天之涯，一在地之角，生而影不与吾形相依，死而魂不与吾梦相接。吾实为之，其又何尤！彼苍者天，曷其有极！”遂将韩文公的《祭十二郎文》，作为心情的供状，作为遥指川地的祭品。友人读后发来短信，云苏曼殊的“收拾禅心侍镜台，粘泥残絮有沉哀；湘弦洒遍胭脂泪，香火重生劫后灰”亦能发人感想。读过想想，苏曼殊的忧伤，已从昌黎公的人伦彻痛走过，到了佛陀的菩提树下…… 相信冤魂遍野的北川，在生者泪雨滂沱肝胆俱裂之后，一定会香烟袅袅，梵音缕缕。是佛在超度可怜的亡灵。

一首伟大的诗可以有多短

前天，与折勒从新华书店出门，谈起一首伟大的诗究竟可以有多短。这个题目实际是诗人臧棣出的，且他在《一首伟大的诗可以有多短》一文中力举戴望舒的《萧红墓畔口占》：

走六小时寂寞的长途，

到你头边放一束红山茶，

我等待着，长夜漫漫，

你却卧听着海涛闲话。

折勒不以为然，举李白的《静夜思》：

床前明月光，
疑是地上霜。
举头望明月，
低头思故乡。

既然折勒可以怀疑臧棣，车攻又怎么不可以怀疑折勒呢？举两个比《静夜思》更伟大的。

王维的《山中送别》：

山中相送罢，
日暮掩柴扉。
春草年年绿，
王孙归不归。

孟浩然的《宿建德江》：

移舟泊烟渚，
日暮客愁新。
野旷天低树，
江清月近人。

再随便举一个超过《萧红墓畔口占》的，韩东的《微笑》：

今晚我穿过城市
在一辆出租车上看见美丽的灯光
看见黑暗的衬里附近皮肤的闪烁
每个女人都很美丽，神秘的微笑
印在我的脸上，成为我的微笑

臧棣说得好，一首伟大的诗是可以很短的。

消逝的词

诗人杨克曾经对我聊起打在语言上的历史印记。在马背上得天下的老一辈革命家眼里，他们面对的每一个领域，都是一条条“战线”，工农商学，无一不称“战线”；“文化大革命”结束后，知识分子掌权，多是工科背景，于是“工程”大行其道，所有项目皆作“工程”，竟如舞文弄墨唱戏作画之类的活动，也叫“五个一工程”。笑过之后，不免感谓：“战线”之于“工程”犹爱之于性，是一个消逝的词。

因为时间不露声色的诡异，所有的过往终将消逝，今天的时尚未免为明天的笑柄，昨日的喧嚣未免为今日的死寂。早些年，我在写小文《补锅匠的秋天》时，阖眼屏气而凝神入定，唤回了对补锅匠、弹花匠、鞋匠的童年记忆，以及这些词所包含的悠远生活况味。这些补锅匠、弹花匠、鞋匠总在某个下午出现在小镇，又在某一个早晨悄悄离开，直到下一次出现。眼前几乎出现了一片词的墓地，我可以在夕阳下读它的碑文。我甚至清晰地记起一个童年伙伴的父亲，姓肖，擅长修理弹子挂锁和自来水笔，每天放学，都要围观他凿一片钥匙或换一枚笔尖或为某一把修好的锁用铅丝封住弹子，方肯回家。相比之下，街那头的盲人龚伯，却是一个寂寞的词。他主营酒曲和鱼线鱼钩。有时会去买买鱼钩，鲷子钩锋芒尖细，鲫鱼钩倒卡须长而锐利，但他有孩子所不及的老成世故，鲷子钩三分鲫鱼钩五分，坚决不二价，孩子们作为顾客，必须支付卖掉三个牙膏皮之所得，也可以用牙膏皮与之以货易货。这情形，当下各类现代渔具交易与之相比，趣味相差很远。说到用尼龙编织的那种鲫鱼线，恐怕只有儿时的钓友才会会心一笑。它的卖家盲人龚伯，兼营算卦，在给人指点命运时，任由阳光在他的光头上闪耀，永远目视远方，似乎已经看见他黑暗深处的光明。

有一类徒有躯壳而魂飞魄散的词，即便可以视为苟活而我仍愿意称为消逝的词，譬如公路。在拙诗《小风景》中，曾介绍过几个青春少年在镇外公路（后来才知道它是国道）游荡的经验，其中包括银色月光下的素纱般飘向远方的视觉效应，厚的细纱路面传递给身体坚定而柔软的特异质感，还有一路走过飒飒作响的奇妙节律。有谁能说这样的“公路”还存在呢，尤其是当我们的城市和村镇正被钢筋混凝土和柏油捆绑的时候？在珠三角的“巨现代”的高速路网上，有谁见过真实的原野？难怪诗人杨克在东莞看见一片稻田，不过在抢救一个极有可能逝去的词，也能诗成名作！宇宙的时间性质让人畏惧于消逝即本质。一如黑夜，以为它每天都会来临，但城市正被灯火照耀，喧嚣的霓虹灯就像强盗，抢走了静谧月色和神秘星光的夜。谁能承诺，可以看见月色星光的黑夜不会成为记忆，一如新鲜的空气纯净的水还有所谓始终如一的爱，连同那位写下《春江花月夜》的诗人，不会成为消逝的词?

“所有的情欲终将逝去，唯有遵循上帝旨意的，会永远长存。”这是友人送我的布道书中读到的话，语出《圣经》。友人在简体中文袖珍本《圣经》上对我写下工整如其人的嘱咐：唯愿公平如大水滚滚，使公义如江河滔滔。我坚信，这才是永不消逝的词。

折勒寒君在广州与诗人们阔谈诗歌和很多崇高的事物的时候

我正像一个十足的俗物　烂醉如泥

那时诗人晓贤把他的诗集《梦见歌声》和雷·普里查德（Ray Pritchard）的《灵魂之锚》笔记托人带给我，而且，折勒打电话来，他们甚至谈到我以及我的可怜的——我觉得它们来不及诞生就该腐朽——几个小东西。这使我想起，每天临睡时，已经有很久没有以阅读的方式催眠了，包括就要读过的《金瓶梅词话》和已经开读的《旧约》。

我看见布道者晓贤，他平静友善地看着我，一个真正的使者。

属灵的目光，照出我的卑俗，让我愧于对神和艺术的不忠。

诗人和布道者晓贤赐我的一切，使我忘掉了我当时可能往广州时准备带给诗人们的一个玩笑。每日临睡读书后，我总是把《圣经》搁在《金瓶梅词话》上头。我想问诗人和布道者晓贤，这是不是以正压斜？如是，那就再压上《梦见歌声》和《灵魂之锚》笔记。

跋

关于《九月雪》

《九月雪》是诗题，假作书名。

雪只是一个喻体，形容澧阳平原的棉田。过去湘北澧阳平原盛产优质棉花，没有亲见，源于乡土地理的想象，然我的外祖父应该是有过亲历的。他于六十年前的某一天，往返近四十公里，从故乡临澧县安福镇，到澧县人民医院诊治胸膜炎。远行是因为本地没有X光设备，徒步为了节省不到两元钱车费，结果是不治而殁。由是构成小人物生活里值得纪念的事件。

外祖父祖籍沅陵，沅水上游沈从文总是写到的地方。不知何年何月随家族流落到澧水下游的安福县（今临澧县），素以饺儿担子谋生。饺儿担子，街头叫卖的设备。扁担两端，一头是锅灶，一头是案板、料理、碗筷之属。典型的走街串巷引车卖浆营生。那时镇上的名门望族，当数大地主蒋家。蒋家庄园，在镇外十里，护城河水涣涣，东南西北置以路桥。本地六十年代过来者，对其多有亭台楼榭名木佳卉的庭院记忆。规模之大，昔时父亲曾经形容，解放军住进一个整团亦不见人踪。蒋家别墅会馆则建在镇上，类乌镇、周庄水乡风物，是谓蒋家花园，后被公家征用。其间以太湖石假山为胜，我曾在《借书》这则短文中有过大概。蒋家后人，红色作家蒋冰之（丁玲）自有其知名度；男庚则不详其姓名，镇上只呼他望儿，大意是家族久期男丁，以为圭臬，然望儿智商只在六十以下，无谋生能力，只得把一生交给新政权开办的幸福院，其事《碎片》中有记。蒋家是外祖父的优质客户。镇上蒋家花园钟鸣鼎食、夜夜笙歌，太太小姐牌戏半宿，需要消夜的时候，外祖父就把饺儿压茶等送了过去。靠饺儿担子，外祖父收留了外祖母，养活了我的母亲。蒋家的庄园和别墅没收充公之后，外祖父就去县委会食堂当了炊事员，这是后话，小说素材。

外祖父胸膜炎不治，迄今正好六十年，一个甲子。蒋家庄园，已被高速公路所覆盖。蒋家花园，仍是县委大院，当年的古木参天、形状崔巍的假山，只剩下几块太湖石留在院落。

写作就是和遗忘作斗争。诗，说到底是记忆，想象也是记忆。